사랑학 개론

사랑학 개론

마광수 지음

철학과 현실사

사 랑

사랑하고 사랑하고 사랑했는데도
내 가슴속에는 네 몸뚱어리만이 남았다
내 빈약한 육체 속에서 울며 보채대는
이 그리움의 정체는 뭐냐
네 영혼을 사랑한다고, 네 마음을 사랑한다고
하늘 향해 수만 번 맹세를 해도
네 곁에 앉으면 내 마음보다 고놈이 먼저 안달이다
수음(手淫)과는 이제 자동적으로 친숙해진 나에게
너는 대체 무엇 때문에 내려왔느냐
어째서 모든 거리마다에서
너는 내게 고독으로 다가온단 말이냐
사랑하고 사랑하고 사랑했는데도
내 가슴속에는 네 몸뚱어리만이 남았다
끊으려 해도 끊으려 해도 끊어지지 않는
이 사랑, 이 욕정,
이 괴상한 설레임의 정체는 뭐냐

2013년 7월
마광수

■ 차례

제1장
사랑의 물리적 속성

노래에서나 시에서나 소설에서나 드라마에서나, 온통 사랑 타령뿐이다. 사람이건 동물이건 극한적인 기아 상태를 제외하고는, 언제나 사랑에 대한 굶주림과 갈망으로 한평생을 보내게 된다. 그것이 정신적 사랑이든 육체적 사랑이든 별 상관이 없다.

부모 자식 간의 사랑으로든, 청춘 남녀의 불붙듯 뜨거운 관능적 열정으로든, 나이 많은 부부들끼리의 끈끈한 정으로든, 신에게 바치는 거룩한 사랑으로든, 어떤 형태의 사랑으로든지 우리는 고독한 삶을 근근이 때워나가야 한다.

흔히들 사랑은 아름다운 것이라고 말한다. 그런데 왜 아

직까지도 사랑에 따른 갖가지 문제와 고뇌들이 생겨나는 것일까? 수없이 많은 현인, 철학자, 문학가들이 사랑의 본질에 대해 그토록 많이 이야기했음에도 불구하고, 사랑에 울고 사랑 때문에 죽으며 사랑을 미움으로 바꾸기까지 하는 사람들이 왜 점점 늘어나고만 있는 것일까? 왜 사랑하기가 이토록 어려울까? 나는 그 이유가, 아직도 많은 사람들이 사랑의 실체와 사랑을 획득하는 방법에 대해서 채 깨닫지 못하고 있기 때문이라고 생각한다.

사랑에 대해 수없이 많은 논의와 분석이 행해졌는데도 불구하고 인간사회에서 사랑 때문에 빚어지는 갖가지 갈등과 비극이 계속되고 있는 것은, 아직도 사랑을 '성애(性愛)'와는 뭔가 다른 것으로 생각하는 버릇을 버리지 못하고 있기 때문이다.

'사랑' 하면 무언가 숭고하고 정신적인 것이요, '성(性)' 하면 무언가 더럽고 음습한 것으로 생각하도록 우리는 길들어져 왔다. 특히 우리나라 같은 경우는 '성해방'은 고사하고 '성에 대한 논의의 해방'조차 이루어지지 못하고 있는 실정이다. 수없이 쏟아져나오는 소설, 수필, 시들이 연달아 사랑을 외쳐대고 있는데도, 우리는 사랑을 그저 막연하고 추상적인 '낭만적 환상' 정도로만 생각할 뿐, 그 실제적 응용의 면에 있어서는 전혀 무지한 상태에 있다.

사랑은 절대로 아름다운 것이 아니다. 그리고 그렇게 믿음직스러운 것도 아니다. 사랑은 지극히 변덕스럽고 이기적인 욕심 덩어리이며, 생존경쟁과 약육강식의 장(場)인 이 세상에서 우리를 겨우 지탱해 주는 실존(實存) 그 자체일 뿐이다. 도덕이나 연민 같은 당위적(當爲的) 윤리의 문제가 사랑에는 전혀 개입되지 않는다. 인간은 한평생 사랑을 게걸스럽게 찾아다니며 욕망의 성취를 위해 싸워나가야만 한다.

사랑의 실체를 정확하게 파악하기 위해서는, 먼저 '남녀간의 성애로서의 사랑'이 갖는 기본적 성격을 알아둘 필요가 있다.

음(陰)과 양(陽)을 만물의 구성원리와 운행원리로 본 음양오행설의 입장에서 볼 때, 남자는 양이요 여자는 음이다. 양의 대표적 상징물로 하늘, 남성, 밝음을 들 수 있고 음의 대표적인 상징물로 땅, 여성, 어둠을 들 수 있는데, 그런 의미에서 볼 때 남녀간의 사랑은 우주를 지탱해 가는 가장 기본적인 원동력이라고 할 수 있다.

그래서 음양이론을 기본적 세계관으로 삼아 생활해 왔던

동양인들에게 있어서는, 성억압의 역사가 별로 발견되지 않는다. 서양 중세기의 암흑시대에는 성적(性的) 죄의식에 따른 갖가지 성억압과 편견이 난무했었다. 그 까닭은 서양인들이 음양 상대성의 이론을 미처 체질화시키지 못하고 있었기 때문이다.

음양이론에 따른다면, 인간의 가장 기본적 욕구인 식욕조차 성적 결합에 의해 충족된다. 소가 암수의 결합을 하지 않는다면 송아지를 낳지 않을 것이고, 벼가 자웅교배를 하지 않는다면 쌀이 생기지 않을 것이다. 그러므로 성욕이 식욕보다 더 중요하고, 성욕으로 대표되는 음양의 화합력이 만물을 지탱해 나간다고 볼 수 있다.

음양이론과 함께 오행설(五行說)도 중요한데, 오행이론에 따른다면 양의 대표적 상징물은 불(火)이고 음의 대표적 상징물은 물(水)이다.

남녀의 사랑을 특히 성적 결합의 측면에서 생각해 볼 때, 남자는 불이고 여자는 물이다. 그러므로 남녀의 성적 결합은 '물과 불의 만남'으로 풀이될 수 있다. 따라서 우리는 물과 불의 성질을 분석해 봄으로써 사랑의 메커니즘을 추출해 낼 수 있다.

사랑은 남자가 먼저 불을 당긴다. 꽃이 나비를 따를 수 없듯이, 물이 불을 끌어당길 수는 없다. 불 즉 남성이 먼저 강력한 저돌성으로 물 즉 여성을 공략하는 것이다. 여성은 대체로 성감(性感)의 자각과정이 느리다. 물은 대체로 가만히 머물러 있고 싶어 하는 속성을 지니고 있기 때문이다.

여자(물)가 사랑의 마음을 가지고 끓어오르려면 불을 필요로 한다. 장작불로 물을 끓여줘야만 물은 비로소 서서히 뜨거워지기 시작하는 것이다. 남자는 스스로의 에너지를 가지고 불같은 정열로 물을 데운다. 그런데 물이 끓을 때까지는 좋은데 그 뒤가 문제다. 불은 스스로의 에너지를 다 소모해 버려 완전히 지쳐버리고 만다. 장작을 태우고 나니 재만 남아버리는 식이다.

그러면 물은 어떤가. 물은 끓는 것도 더디지만 식는 것 역시 더디다. 불이 완전히 꺼져버린 뒤에도 물은 뜨거운 상태를 오랫동안 유지한다. 여기에 남녀간의 사랑의 원초적 비극성이 있다.

또한 물과 불은 원래 상극이다(水克火). 물을 만나면 불은 꺼져버린다. 물로 불을 끌 수는 있지만 불로 물을 막을 수는 없다. 그러니까 불은 스스로의 정욕을 못 이겨 물을 향해 기세 좋게 돌진해 가지만, 그것은 결국 스스로 죽음을 자초하는 셈이다. 짐승이나 곤충 중에는 암컷과 수컷이 정사를 마치고 나면 수컷이 곧 죽어버리거나, 심지어는 암컷이 수컷을 잡아먹어 버리는 경우(사마귀의 경우)가 있는데, 이는 바로 '수극화(水克火)'의 원리 때문이다. 이 세상은 겉으로 보기에 남성이 여성을 지배하는 것 같지만 실상은 여성이 남성을 지배하고 있는 셈이다.

남성은 처음엔 미칠 듯이 잘난 척하며 불같은 정열로 여성에게 돌진해 간다. 하지만 일단 사정(射精)을 해버리고 나면, 즉 장작을 다 소모해 버리고 나면 그저 축 늘어져버리고 피곤해질 뿐이다. 그러나 여자는 일단 한번 데워진 물이기 때문에 더욱더 성욕이 불타오른다. 그러고는 꺼져버린 불과 같은 남성을 경멸의 눈으로 바라본다.

또 나이로 보더라도 남성은 20대에 성욕이 불같이 강하지만 여성은 40대에 가서야 성욕이 강해지는 것도 같은 이치 때문이다. 그러므로 동갑끼리 결혼을 한다는 것은 정(情)을 뺀 성애의 면에서만 볼 때 비극적 결말을 미리 작정한 것이나 다름없다. 여성은 소위 '늦바람'이 나기 쉽고, 정력이 쇠잔해져 버린 남편을 깔볼 것이 틀림없기 때문이다.

불이 처음엔 잘 타오르지만 한번 꺼져버리면 그만이라는 속성은, 남성이 여성보다 싫증과 권태를 잘 느끼는 것으로도 설명될 수 있다. 남성은 '정복욕'이 강하여 산꼭대기를 향해 줄기차게 돌진해 올라간다. 그러나 일단 정상을 정복해 버리고 나면(즉 사정을 하고 나면) 다시 산에서 내려오는 수밖에 없다. 에베레스트 정상에 낑낑대고 올라가 봤자 거기서 수십 년 사는 등산가가 어디 있나? 그저 깃대나 하나 꽂고 내려올 뿐이지.

여자는 남자가 산에 올라갈 때, 즉 불을 활활 지피기 시작할 때의 열정에 속아, 그 사람에게 몸을 맡기면 평생 자기를 사랑해 줄 것으로 착각하기 쉽다. 그러나 남자는 정복욕을 채우고 나면 내가 언제 그랬더냐는 식으로 싹 돌아누워 버린다. 싫증이 나서이기도 하겠지만 그건 핑계고, 사실은 힘이 다 소모되어 기진맥진해져 버렸기 때문이다.

그럴 때 다시 사랑의 불을 붙이려면 연료를 재충전할 수 있는 시간이 필요하다. 그런데 일단 뜨거워진 여자는 그것도 모르고 계속 칭얼칭얼 보채대기만 하니, 남자에겐 여자가 그저 귀찮고 얄미운 색정(色情) 덩어리로 보일 수밖에 없다. 여성들은 모름지기 남성의 이런 '불같은 속성'을 잘 파악하여 현명하게 사랑을 요리해 나가야 한다.

그래서 예부터 사랑의 비법을 가르치는 동양의 많은 책들에서는 '접이불루(接而不漏)'의 방법을 남성들에게 권장하였다. 불로 여자를 데우기는 데우되 100도까지 되도록 완전히 끓이진 말고, 즉 사정하진 말고, 그저 40-50도 정도로만 데워서 즐기라는 것이다. 요샛말로 한다면 '헤비 페팅(heavy petting)'은 자주 하되 '삽입과 사정'에 의한 성교는 되도록 하지 말라는 뜻이다. 일단 100도까지 올라간 여자는 남자가 도저히 컨트롤할 수 없기 때문이다. 40-50도 정도라면 여자도 빨리 식기 쉽고 남자도 에너지를 과잉으로 소모하지 않게 되니, 건강에 좋을 것은 뻔한 이치다.

또 사랑의 행위란 꼭 100도까지 올라가서 빨리 끝내는 것보다는, 미열을 가지고서 서로를 서서히 애무하는 갖가지 성희(性戲) 위주의 섹스가 훨씬 더 재미있고 운치가 있는 게 사실이다. 이런 성희들 가운데 좀 비관습적(非慣習的)인 게 있으면 흔히들 그것을 '변태'라고 부르며 이상한 눈으로 바라본다. 그런데 변태란 사실 비생식적(非生殖的) 섹스, 즉 삽입과 사정에 의한 섹스 이외의 것을 모두 가리키는 말이므로, 병적(病的)인 증상을 가리키는 말로 쓰여서는 안 된다. '변태적 섹스'를 '개성적 섹스'로 이해하게 될 때, 우리의 사랑은 더욱 아름다워질 수 있다.

물과 불이 상극이면서도 굳이 합쳐지려는 것은 무슨 까닭에서일까? 물론 음양의 결합이 바로 우리들 삶의 궁극적 목

표, 즉 '종족 보존'이기 때문이리라. 음양의 결합의 결과는 '자식'이다. 그래서 자식을 돌보라고 여자는 남자보다 더 오래 살아남는 것이다.

그러나 나는 남성이므로 남성 편에 서서 이렇게 말할 수밖에 없다. 음양의 결합은 곧 '죽음'이라고. 그러므로 남성들은 물을 가지고 놀긴 놀되 생명을 해칠 만큼의 열정을 기울일 필요는 없다.

또 여성 쪽에서 보더라도 남자가 빨리 죽어버린다면 무슨 보람이 있겠는가? 그리고 이젠 사실 아이를 기르는 것이 누구에게나 큰 보람을 주는 것도 아니지 않는가? 서서히 남성을 '이용하여' 성애를 즐기기 위해서라도, 여성들은 남자의 정력이나 사정의 횟수로만 남성의 가치를 평가하지 말아야 한다. 그 대신 남성이 갖고 있는 '서서히 불 땔 줄 아는 기술', 즉 관능적 상상력에 따른 애무의 테크닉 수준에 따라 남성의 가치를 평가해야 한다.

사랑의 욕화(慾火)에 따른 정복욕에 신음하며 안달하는 남성들은 한시바삐 꿈에서 깨어날 필요가 있다. 마찬가지로 성적 오르가슴에만 집착하는 여성들 역시 꿈을 깨야 한다.

사랑은 이렇듯 음양 두 상극의 만남으로부터 비롯되는 격렬한 투쟁의 장(場)이다. 따라서 우리가 '격렬한 투쟁으로서의 사랑'을 '즐거운 놀이로서의 사랑'으로 만들기 위해서는, 여성을 정복하는 것을 목적으로 하는 소유욕으로서의 사랑이나 남자의 정액만을 목적으로 하는 번식욕으로서의 사랑으로부터 탈피할 필요가 있다.

　짝사랑이 더 감미롭고 이별을 한 뒤에 더 애틋한 사랑의 감정을 느끼게 되는 것은, 그것이 다 미완(未完)의 사랑이고 미열(微熱)의 사랑이기 때문이다.

　사랑이 마침내 끝장을 보는 투쟁으로서의 사랑이 돼서는 안 된다. 다시 말해서 따먹고 따먹히는 사랑이어서는 안 된다. 또 '결혼'을 종착점으로 하는 소유와 결박으로서의 사랑이 돼서도 안 된다. 사랑은 '서로가 즐기는 놀이'가 돼야 하고, 서로의 관능적 감성을 자극하여 각자의 '생명의 약동'에 활기를 불어넣는 것이어야 한다.

　그렇게 되기 위해서는 먼저 사랑의 뿌리가 정신이 아닌 '육체'에 있다는 사실을 자각하는 것이 무엇보다도 필요하다.

제2장
'식욕형 인간'과 '성욕형 인간'

기독교의 『신약성서』「누가복음」 10장에는 예수 그리스도와 마리아라는 이름의 젊은 여자 신도, 그리고 그녀의 언니 마르타 사이에 일어났던 작은 에피소드가 나온다.

예수와 그의 제자들이 전도 여행을 하다가 어느 마을에 들렀는데, 마르타라는 여자가 자기 집에 예수를 모셔 들였다. 그녀에게는 마리아라는 동생이 있었다.

마리아는 언니의 일을 돕지 않고 예수의 발치에 앉아서 예수가 하는 말을 경청하고 있었다. 음식 준비에 경황이 없던 마르타는 예수에게 와서, "주님, 제 동생이 저에게만 일을 떠맡기는데 이걸 보시고도 가만두십니까? 마리아더러

음탕음탕섹시섹시

문적문적무사무사

2005   마광수

제가 하는 일을 좀 거들어주라고 일러주십시오" 하고 말했다. 그러자 예수는 이렇게 대답했다.

"마르타야, 너는 많은 일에다 일일이 마음을 쓰며 걱정하지만, 실상 필요한 것은 한 가지뿐이다. 마리아는 참 좋은 몫을 택했다. 그것을 방해해서는 안 된다."

대강 이런 내용인데, 이 성경 기록에서 우리는 많은 시사점을 얻어낼 수 있다. 아니 시사점을 얻어내기 이전에 우선 예수의 언동에 대해 의문점을 느끼는 것이 순서일지도 모른다.

2천 년 전의 유대 땅이나 지금의 한국 땅이나, 한꺼번에 많은 손님들이 들이닥치면 집 안이 부산스러워지기는 마찬가지일 것이다. 열댓 명이나 되는 예수 일행에게 식사를 대접하려면 일손이 많이 필요했을 게 분명하다. 그래서 언니인 마르타는 열심히 식사 준비를 하고 있었다. 그런데 여동생 마리아는 언니가 그렇게 바빠서 쩔쩔매고 있는데도 불구하고, 예수 곁에 찰싹 들러붙어 앉아가지고 예수의 말에만 정신이 팔려 있었던 것이다. 그런 동생의 모습이 언니의 눈에는 얄밉게 보였을 것이 틀림없다.

그래서 마르타는 참다못해 예수에게 동생을 좀 꾸짖어달라고 부탁한 것이다. 상식적으로 생각해 보면 예수는 빈말로라도 마리아를 야단치는 척했어야 했다. 그런데 예수는 엉뚱하게도 게으른 마리아 편을 들고, 오히려 부지런한 언니 쪽을 야단쳤다고 성경은 기록하고 있다.

예수도 인간인 이상 밥은 먹어야 하고, 자기와 제자들이 먹을 음식을 마련하려고 분주히 왔다 갔다 하는 마르타가 눈에 안 들어왔을 리 없다. 말하자면 예수 일행은 마르타네 집 식객(食客)인 셈이었다. 그럼에도 불구하고 예수는 동생 편을 들었던 것이다.

신학자들은 이 성경 구절을 해석할 때, 마리아는 '예수님의 진리의 말씀'에 충실했고 마르타는 '세속적인 잡일'에만 눈이 팔려 있었기 때문에 예수가 언니를 꾸짖은 것이라고 설명하는 게 보통이다.

그렇지만 나는 마리아와 예수의 관계를 단순히 진리의 말을 전하고 듣는 스승과 제자 사이로서가 아니라, 30대 초반의 젊은 남자와 20대 전후의 젊은 처녀 사이의 이성적 교류 관계로 보고 싶다. 물론 마리아가 예수가 전해 주는 복음에 도취되어 언니의 일을 돕는 것을 깜빡 잊고 있었다고도 볼 수 있다. 하지만 그녀의 마음속에서는 아무래도 복합적인 의미로서의 '사랑'이 싹트고 있었을 것이다. 예수도 남자인 이상 자기 앞에 바싹 달라붙어 앉아 자기 말을 경청하는 마리아가 예쁘고 기특하게 보였을 게 틀림없다.

만약에 마리아의 언니인 마르타도 동생처럼 예수 곁에 붙어 앉아 있기만 했더라면 어떻게 되었을까? 많은 사람들이 식사를 못하고 굶었을 게 뻔하다. 그런데도 예수는 그런 세세한 일상사보다 '사랑'이 훨씬 더 중요하다고 얘기하고 있는 것이다.

이와 비슷한 기록이 『신약성서』에는 또 한 군데 나온다. 「요한복음」 12장에 또 다른 여자 신도 마리아와 예수 간에 일어난 사랑의 교환(交歡) 장면이 그것이다.

마리아가 값진 향유를 사가지고 와서 예수의 발을 정성껏 닦아드렸다. 그리고 나서 그녀는 수건 대신 자기의 긴 머리털로 예수의 발을 훔쳐준다. 그러자 곁에 있던 제자 하나가 예수에게 불만을 표시한다.

저렇게 비싼 향유를 발 닦는 데 낭비할 게 아니라, 그 돈으로 빵을 사서 가난한 사람들에게 나누어주면 훨씬 더 좋을 게 아니냐고 따진다. 그런데 그때도 예수는 제자 편이 아니라 여자 편을 든다. 예수는 제자를 꾸짖으면서, "가난한 사람은 언제나 많다. 그러나 나는 오직 하나뿐이다"라는 내용의 얘기를 한다. 여기서도 예수는 마리아라는 여자와 예

수 자신과의 '단 한 번밖에 없는 사랑의 순간'을 방해하지
말라는 투로 이야기하고 있다.

  마르타네 집에서 예수가 언니에게 한 이야기나, 마리아가
향유로 발을 닦아줄 때 예수가 제자에게 한 이야기나, 그 내
용은 대동소이하다. 예수는 언제나 가난한 사람들에 대한
연민의 정이나 이웃에 대한 희생적인 봉사를 강조하곤 했었
다. 그런데 남녀간의 사랑문제에 있어서만큼은 그것이 이
웃에 대한 봉사보다 훨씬 소중한 가치를 지닌다고 얘기하고
있다. 특히나 그는 "빵만으로는 살 수 없다", "내일 무엇을
먹을까 무엇을 입을까 염려하지 말라"는 등 단순히 먹고살
기 위해서만 애쓰는 인생을 부질없는 삶으로 규정한다.

  물론 빵만으론 살 수 없다는 것은 빵보다 하느님의 진리
가 더 중요하다는 얘기이고, 내일 무엇을 먹을까 염려하지
말라는 것은 모든 것을 전적으로 하느님께 맡겨두라는 얘기
일 것이다. 그렇지만 그가 말하는 하느님의 진리란 다름 아
닌 '사랑'이므로, 사랑에만 의지하면 먹는 일, 입는 일 등은
전혀 걱정할 게 없다는 얘기가 된다.

  그런데 예수가 죽을 때까지 계속 시중든 것은 여신도들이
었고, 예수의 부활을 처음 목격한 것도 여신도 막달라 마리
아였다. 이런 점을 감안해 볼 때 예수가 말한 '사랑'이 '하

느님에 대한 사랑'이나 '이웃에 대한 사랑'만 의미하는 것이
아니라, 어떤 형태로든 '남녀간에 일어나는 사랑'을 아울러
가리키고 있는 것 같은 생각이 든다.

그러므로 우리는 마르타 자매의 이야기를 통해서 우선 여
성의 두 부류를 추출해 낼 수 있다. 하나는 마르타처럼 집안
일에만 열심인 여자이고, 하나는 마리아처럼 사랑에만 열
심인 여자다.

사람들은 흔히 연애에만 열심이고 집안일에는 게으른 여
자를 경멸하는 얘기를 많이 하곤 한다. 남자와 데이트를 하
러 나갈 때는 기름독에서 쏙 빠져나온 것처럼 온몸을 반지
르르하게 치장하고 나서는 여자가, 자기 방은 돼지우리처
럼 더럽게 하고 산다는 식으로 말이다. 실제로 그런 유형의
여자들은 많다. 미혼이든 기혼이든 남자한테 예쁘게 보이
는 데는 최선을 다하면서(아니, 사랑에만 목숨을 걸면서) 집
안 청소나 요리하기, 빨래하기 등에는 아주 게으른 여자들
말이다.

또 정반대로 밥짓기, 빨래하기 등에는 부지런을 떠는 여
자가, 자기 몸을 예쁘게 가꾼다거나 남자와 정열적으로 성
애를 나누는 것에는 등한한 경우도 많다.

물론 모든 남자들이 바라는 여성상은 집안일도 부지런하

고 사랑에도 열심인 여자일 것이다. 그러나 나는 지금까지의 여자 경험을 토대로 생각해 볼 때, 이 두 가지 능력을 겸비한 여자가 실제로 존재하기란 거의 불가능하다는 결론에 도달할 수밖에 없었다.

그럴 경우 과연 남자가 어떤 유형의 여자를 택해야 하느냐 하는 문제가 생기고, 또 여자 입장에서 볼 때도 어느 쪽에 더 신경을 써야 하느냐 하는 문제가 제기된다.

연애만 할 경우에는 여자가 집안일을 잘하든 못하든 남자는 그 사정을 알 도리가 없다. 만나서 데이트할 때 예쁘게 차려입고 나오고, 정열적으로 애무하고, 열렬한 사랑의 밀어를 나누면 그만이다. 그렇지만 결혼의 경우라면 문제가 좀 복잡해진다.

우리나라 속담에 "바느질 잘하는 여자는 소박을 맞아도 음식 잘하는 여자는 소박을 안 맞는다"는 말이 있다. 이 말을 지금 액면 그대로 받아들일 수는 없다. 집안일을 무조건 여자 쪽만 떠맡는 건 아니기 때문이다. 우리는 이 속담을 다만 음식 만드는 일이 집안일 가운데 가장 중요한 일이라는 뜻으로 받아들이면 된다.

실제로 결혼생활을 해보면, 하루 세 끼 식사 준비하는 일이 집안일의 거의 전부를 차지한다는 사실을 절감하게 된다. 그 밖에 바느질이나 빨래, 청소 등도 있지만 기계의 도움으로 옛날보다는 일이 훨씬 줄어든 게 사실이다. 그러나 먹는 문제에 있어서만큼은 아직도 손이 많이 간다.

그런데 요즘은 식욕 못지않게 성욕 또한 중요시되는 시대이므로, 결혼생활의 2대 과제는 식욕과 성욕, 이 두 가지를 얼마나 잘 충족시키느냐에 있다고 할 수 있다. 여기서 '식욕형 인간'과 '성욕형 인간'의 변별이 생겨나게 된다.

그러나 식욕형 인간과 성욕형 인간 중에서 어떤 사람이 더 사랑스러운 사람이고 또 사랑받을 수 있는 사람이냐고 내게 물어온다면, 나는 식욕에 충실한 사람보다는 성욕, 즉 사랑에 충실한 사람이 훨씬 더 사랑스러운 사람이라고 단언하고 싶다. 예수가 식욕에 충실한 마르타보다 사랑에 더 가치를 두는 마리아에게 마음이 쏠렸듯이 말이다.

한국 사람들의 식성이 요즘 많이 바뀌어가고 있다. 된장, 고추장을 집에서 직접 담그는 경우는 거의 없다. 말하자면 모든 식품들이 다 인스턴트화돼 가고 있는 것이다. 한국 음식 가운데 가장 중요한 것이 '국'인데 그 국조차 이제는 인스턴트 식품이 나올 정도다(배춧국이나 북엇국 등이 나와 있는데 그런대로 먹을 만했다). 직접 손으로 만든 음식이 우리의 입맛을 더 돋우는 것이 사실이다. 하지만 앞으로 시간이 흐를수록 맞벌이 부부가 늘어날 것은 뻔한 이치고, 부부들은 식사 준비에 더 적은 시간을 할애할 것이다. 그러다 보면 한국 가정의 식탁은 점점 더 인스턴트 식품으로 차려질 것이 분명하다.

물론 인스턴트 식품이 자연식품보다 더 좋다는 말은 아니다. 다만 '요리에 민감한데 사랑에는 둔감한 사람'보다는, '요리에는 둔감해도 사랑에는 민감한 사람'이 더 뜨겁게 사랑받을 수 있다는 얘기를 하고 싶은 것이다.

결혼한 지 몇 년이 지난 부부들 가운데는 애정이 점점 식어가는 경우가 많다. 그럴 때 대부분의 사람들은 배우자를 원망하며 이런 얘기를 많이 한다. "내가 밥 세 때 잘 먹이고, 철철이 옷 입히고, 집 안 정돈 깨끗이 하고, 적금까지 꼬박꼬박 부어가며 알뜰살뜰 살림을 꾸려나갔는데, 그것도 몰라주고 저 사람은 자꾸 짜증만 낸다"고 말이다.

이런 사람들일수록 대개 성적으로 결벽증이 심하고 '살갗 접촉'에 대해서 수줍음을 많이 타며, 외모 가꾸는 데 별로 신경을 안 쓰는 것이 보통이다. 물론 경제적으로 아주 여유가 없는 가정이라서, 집 장만 등의 이유로 남편과 아내가 허리띠를 졸라매고 악착같이 절약하는 생활을 해야 한다면 문제가 좀 달라진다. 그럴 때는 배우자가 화장품 하나만 사도 경제적으로 볼 때는 푼수 없고 낭비벽이 심한 사람으로 보일 수가 있다.

그러나 어느 정도 먹고살 만한 여유가 있는 중산층의 경우라면(사랑문제는 이 경우에만 발생한다. "가난이 싸움"이라는 속담이 있긴 하지만, 가난한 부부는 싸움은 자주 할지언정 적어도 심각한 권태감을 느낄 정도로까지 발전하진 않는다), 배우자가 지나치게 살림에만 신경 쓰는 것이 예쁘게 보일 수만은 없는 것이다. 여기에 결혼생활의 딜레마가 있다.

알뜰살뜰한 사람이라면 옷 한 벌 사는 것도 돈이 아깝게 마련이다. 상대방도 처음에는 그런 마음씨를 칭찬해 준다. 그러나 그런 상태가 너무 오래 지속되면 상대방은 결국 다른 데 한눈을 팔게 된다.

사랑의 역학관계로 볼 때, 남자든 여자든 사랑받는 존재가 되어야만 행복하다고 본다. 자기는 사랑을 주는 주체가 못 되고 오직 수동적으로 사랑을 받는 데 불과하다는 것이 억울하게 생각된다면, 그런 사람은 사랑을 포기하고 결혼까지도 포기할 도리밖에 없다.

현실과 이상을 혼동해서는 안 된다. 각자 인격적으로 독립하여, 상호간에 '정신적 교류'를 나누면서 고상한 대화를 주고받는다는 식의 이상적인 남녀관계는 신기루에 불과한 것이다.

남녀는 역시 '사랑스러운 존재'가 되어야 하고 사랑을 미끼로 이성을 지배해야 한다. '사랑스러운 존재'라는 것은 정신적으로나 육체적으로나 오직 '사랑받기 위해서 전력투구하는 사람'을 일컫는다. 극단적으로 말해서 집 안을 돼지우리처럼 더럽게 하고 산다 하더라도 자유분방한 성관(性觀)을 갖고서 에로틱한 애무에 열심인 사람, 그리고 자기의 몸매를 가꾸는 데 열성적인 사람이 결국 이성의 사랑을 획득한다는 얘기다.

남자의 경우, 20세기 초반의 개화기 때 한국의 지식인들은 사랑과 결혼을 분리시켜 생각하는 것을 당연한 것으로 알았다. 말하자면 '결혼'은 마르타처럼 집안일 열심히 하고 아이 잘 기르는 구식 여성과 하고, '사랑'은 일은 못해도 연애에만은 열심인 신식 여성과 하자는 식이었다.

그래서 그 당시의 마누라는 오직 애 낳는 기계나 가정부에 불과했고, 가정은 가문의 체통을 지켜나가기 위한 빈껍데기로만 존재했다. 그러나 지금은 사정이 달라졌다. 부부 중심의 가족제도가 정착되면서, 남편들은 아내가 집안일도 잘하고 사랑에도 열심인, 말하자면 '일 잘하는 가정부'와 '교태 부리는 요부'의 결합체이기를 원하고 있는 것이다.

그러나 여자의 능력에는 한계가 있다. 이럴 때 현명한 여자라면, 일 잘하는 가정부 쪽보다는 교태 부리는 요부 쪽을 택하는 것이 신상에 더 이롭다고 나는 생각한다.

마르타처럼 열심히 음식 장만을 해봤댔자, 그걸 먹으려고 기다리던 예수의 입에서는 오히려 게으른 마리아 편을 드는 얘기가 튀어나왔다. 그러니까 마르타는 억울하게 야단만 맞은 셈인데, 마르타같이 억울한 경우를 당하지 않기 위해서라도, 모든 여성들은 반드시 '성욕형 여자'가 될 필요가 있다.

이것은 남성 역시 마찬가지다. 남자도 역시 '식욕형 남자'와 '성욕형 남자'로 구분된다. 특히 요즘처럼 여권이 신장되고 맞벌이 부부나 독신자가 늘어가는 상황에서는, 여자만이 아니라 남자도 사랑받는 존재가 되어야 하고, 예전처럼 '일 잘하는 남자' 역할만으로는 여자에게 만족을 줄 수 없게 되었다. '일 잘하는 남자'란 곧 '식욕형 남자'를 말한다.

남자는 그저 돈 잘 벌고 출세만 잘하면 그만이라는 생각은 이제 구시대의 유물이 되었다. 기혼자일 경우 가족들 밥만 잘 먹이면 남편으로서의 의무를 다한 것이라고 생각하는 남자는 마누라한테 소박맞을 가능성이 높다. 남자 역시 '성욕형 남자'가 되어야만 제대로 사랑받을 수 있다. 영웅호색(英雄好色)이란 말도 있듯이, 성욕에 충실하다 보면 밥벌이나 출세 또한 자연히 이루어진다. 성욕은 그 사람에게 활기를 불러일으켜 주어, 모든 일에 능동적인 열정을 가지고 임하게 해주기 때문이다.

제3장
사랑의 유발 요소로서의 관음증과 노출증

    여자는 야한 여자가 아름답고 남자 역시 야한 남자가 아름답다. 그러므로 사랑은 야한 사랑이 아름답다. 야한 사랑은 곧 천박한 사랑이요, 야한 사랑은 곧 퇴폐적인 사랑이라고 간주한다 해도 하는 수 없다. 소설이나 영화에서 우리를 매혹시키는 주인공들은 거의 다 야한 여자나 야한 남자들이요, 그들이 벌이는 사랑의 행각은 거의가 불륜적(不倫的)이고 퇴폐적인 것이기 때문이다.

    『춘희(椿姬)』에 나오는 마르그리트나 『마농레스코』나 『카르멘』의 여주인공은 다 신분이 천한 여자들이고, 그들이 풍기는 이미지는 요염하고 고혹적이면서 퇴폐적이다. 야한

남자가 소설의 주인공으로 등장하기 시작한 것은 여권신장이 이루어지기 시작한 20세기 초반부터인데, 오스카 와일드의 소설 『도리언 그레이의 초상』에 나오는 도리언 그레이나 로렌스의 『채털리 부인의 사랑』에 나오는 산지기 멜로즈가 야한 남자의 대표적인 예라고 할 수 있다.

흔히들 정신적 사랑이나 고상한 사랑을 가장 숭고한 사랑으로 생각하는 경우가 많다. 하지만 실제로 우리가 미치도록 빠져들게 되는 사랑은 대개가 다 퇴폐적이고 야한, 그리고 육체적 정염에 불타는 사랑인 것이다. 그 까닭은, 문명시대를 살아가는 우리가 은연중 원시시대의 동물적이고 본능적인 사랑에 대해 향수를 느끼고 있기 때문이라고 할 수 있다.

지금도 아프리카나 브라질 오지의 원주민들은 벌거벗고 살면서 자신들의 성기나 유방을 알록달록하게 채색하고 다니고, 또 갖가지 장신구들을 주렁주렁 몸에 휘감고 다니는 것을 볼 수 있다. 그들에게는 예의니 염치니 윤리니 하는 것 따위의 인간의 문화가 만들어낸 정신적 억압이 존재하지 않는다. 그래서 그들은 스스로의 야성적 본능을 전혀 부끄러워하지 않고 드러내 보이면서 살아가고 있는 것이다. 그들은 남녀를 불문하고 모두 극채색의 화장을 하고 현란한 장신구들을 걸친다.

그런데 스스로 현대의 문명인임을 자부하는 우리는, 남자는 화려하게 화장해선 안 되고 여자에게만 화려하게 화장하고 치장할 권리가 부여돼 있다고 믿고 있다. 하지만 사실 여자들조차 마음껏 야하게 본능적으로 멋을 부리지는 못한다. 조금만 그로테스크하게 치장해도 '흉하다', '천박하다'는 소리를 얻어듣게 되니 말이다.

그러다 보니 인간의 야성적인 성욕과 미적(美的) 본능은 더욱 억눌려 질식할 것 같은 상태가 되었고, 사람들은 겉으로는 '고상한 아름다움'이니 어쩌니 해가며 점잖은 척 행동하면서도 내심으로는 야한 사람, 야한 사랑을 좋아하게 되었다.

이런 상황에서 사람들의 집단 무의식은 사회적 윤리의 제약을 덜 받는 허구적 문학작품을 통해 본능에 솔직한 주인공들을 창조해 낼 것을 요구하게 된다. 또한 남자든 여자든 모든 독자들이 모성(母性)에 대한 그리움 때문에 사랑하게 되는 '마음속의 여인상'은 대개 '야한 여자'들로 채워지게 되었다. 이를테면 지배 이데올로기에 충실했던 효녀 '심청'보다는, 스스로 천한 기생이 되어 프리 섹스를 즐겼던 '황진이' 같은 여성이 훨씬 매력적으로 느껴지게 된 것이다.

이런 심리는 '마음속의 남성상'에도 똑같이 적용된다. 이제는 엄격하고 용감한 남성보다는 유연하고 화사한 남성이 더 멋진 남성으로 간주되게 되었다.

그러므로 이성에게 진정으로 사랑받으려면 스스로 '야한 여자'나 '야한 남자'가 되도록 노력해야 한다. 위선적인 도학군자들이 지껄여대는 거짓말에 속아서는 안 된다.

대개의 우리나라 사람들은 야한 여자나 야한 남자를 볼 때 우선 천하다고 욕부터 하고 본다. 예컨대 손톱을 길게 길러 새빨간 매니큐어를 바르고 배꼽이 드러나는 상의에 머리를 알록달록 물들인 여자를 보면 눈살을 찌푸리고, 머리를 길게 기르고 귀걸이, 목걸이까지 한 뒤 노출이 심한 복장을 한 남자를 보면 변태라고 멸시의 눈길을 보낸다. 그러나 그런 '점잖은' 사람들의 눈동자는 어느새 야한 여자나 야한 남자 쪽을 향해 고정되어 있다.

룸살롱에 가서는 호스티스 아가씨가 화장을 안 하고 옷도 수수하게 입고 나오면 왜 섹시하게 차리지 않았느냐고 호통을 치면서, 자기 집에 들어가면 아내나 딸에게만은 절대로 화장을 못하게 하거나 야한 옷을 못 입게 하는 남자들이 아직도 많다. 화장 많이 한 여자는 성을 상품화하는 여자고, 화사하게 꾸미고 다니는 남자는 골 빈 남자라고 비웃는 'B

사감' 같은 여성 페미니스트들 역시 아직도 많다. 이런 사람들의 이중적 심리, 바로 그것이 문제다.

이런 사람들은 사실 야하고 섹시한 여자나 남자를 정말로 싫어하는 게 아니라 단지 '싫어하는 척'할 뿐이다. 권력과 결탁한 수구적 봉건윤리가 기득권 유지와 출세의 방편이 되는 한국 같은 전근대적 사회에서는, 그렇게 거짓말을 해대며 점잔을 빼는 것이 습관적으로 체질화돼야만 보신(保身)에 유리하기 때문이다. 그러나 모든 사람들은 남녀의 성별이나 지위의 고하를 불문하고, 속으로는 섹시하고 야한 이성을 미칠 듯이 원하고 있다.

사랑은 성욕에 기인하는 것이고, 야하다는 것은 성적 매력을 풍긴다는 의미다. 수사슴이 멋있게 뿔을 기르는 것도, 열대어들이 화려한 색채의 비늘을 자랑하는 것도, 공작새가 현란한 깃털로 자신의 몸을 장식하는 것도, 모두 다 이성을 유혹하여 섹스를 하려는 의도에서 그러는 것이지 섹스를 뺀 '아름다움 그 자체'를 의식해서 그러는 것은 절대로 아니다.

나는 대학생들과 대화를 나누다가, 남학생들이 원하는 이상적인 여성상이 '마누랏감'과 '애인감'으로 이원화돼 있다는 것을 알고 놀라게 되는 일이 많다. 이상적인 마누랏감은 흔히 직업적인 중매인들이 일등 신붓감으로 내놓는 타입의 여성이다. 좋은 가문, 좋은 학벌, 그리고 고상한 얼굴과 매너, 남편에게 헌신하는 착한 가정주부 체질…… 이런 것들을 가진 여성이 남학생들이 원하는 신붓감이고, 이상적인 애인감은 더 말할 것도 없이 무조건 '야하고 섹시한 여성'이다.

말하자면 결혼은 조건과 조건의 결합에 의한 '생활방식'일 뿐이요, 진짜 성애(性愛)는 따로 바람을 피우면 될 게 아니냐는 식이다. 특히 이른바 인기학과 학생들 가운데 이런 얘기를 하는 남학생들이 많다. 돈 많이 벌고 출세만 하면 예쁘고 야한 여자는 지천으로 깔려 있지 않느냐는 식이다.

이것은 여학생들도 마찬가지다. 그들 역시 섹시한 남성에게 성욕을 느끼지만 그런 사람과 결혼은 하지 않으려고 한다. 이런 이중적 결혼관이 젊은이들의 머릿속을 지배하는 한, 진짜 솔직하고 즐거운 애정생활, 즉 바람직한 성생활은 불가능하달 수밖에 없다. 행복한 결혼은 '야한 관능'의 결합으로 이루어지는 것이지 '이성적인 계산'으로 이루어지는 것은 아니기 때문이다.

아무튼 야한 여자나 야한 남자가 아름답고, 그런 사람일

수록 이성의 사랑을 받을 수 있으며, 성애를 당당하게 즐길 수 있다는 사실을 명심해 두자. 그렇다면 구체적으로 어떤 마음을 가진 사람이 야한 사람일까?

나는 야한 사람을 만드는 근본 심리가 우선 '노출증'에 있다고 본다. 노출증과 나르시시즘이 합쳐져 당당한 개성으로 발전할 때 그 사람은 '야한 사람'이 될 수 있고, 타인에게 관음(觀淫)의 충동을 불러일으킬 수 있다. 그러니까 '노출증'과 '관음증'의 결합이 곧 '야한 사람'인 셈이다. 그런데 솔직한 '노출자(露出者)'는 솔직한 '관음자(觀淫者)'를 겸하게 마련이므로, 노출증과 관음증의 심리에 당당하게 민감한 사람이 곧 '야한 사람'이라고 할 수 있다.

인간은 동물들보다 훨씬 더 시각적 관능미에 약하다. 인간은 '암내'를 좇아 발정기 때만 섹스를 하지 않고 일 년 내내 섹스를 할 수 있을뿐더러, 서로 얼굴을 마주 보며 사랑을 나누는 유일한 동물이기 때문이다. 성경에 보면 "지나가는 여자를 보기만 해도 간음하는 것이다"라는 구절이 있는데, 그런대로 일리가 있는 말이다. 여자든 남자든 인간은 모두 관음증(觀淫症, voyeurism)적 취향을 갖고 있기 때문이다. 그러나 '관음'이 곧 '간음'이라는 말은 지나치다. 관음은 간음이 아니라 사랑이다.

관음증은 '이성의 나체나 생식기 주변의 부위, 또는 성행위를 훔쳐보는 데서 성적 만족을 얻는 심리'로 정의될 수 있는데, 꼭 나체나 성행위가 아니더라도 일단 관능미를 풍기는 것은 다 관음증의 대상이 된다.

사실 현대문화는 관음증의 문화라고 해도 과언이 아니다. 관음증은 간접적인 방법으로 성적 만족을 얻는다는 점에서, 현대의 모든 예술이나 생활양식에 그 개념을 두루 적용할 수 있다. 무대에서 행해지는 연극이나, TV, 영화, 사진예술, 패션, 미술 등이 모두 관음증적 만족을 겨냥하고 만들어지는 것이기 때문이다.

꼭 선정적인 춘화도나 도색영화만이 아니라, 사랑을 소재로 한 모든 영화나 연극에서 우리는 엿보는 쾌감을 경험하곤 한다. 대중잡지의 기사에는 연예인들의 사생활 추적이 큰 몫을 차지하고 있는데, 그런 기사를 보면서 느끼는 재미도 일종의 관음증이다.

그래서 연극이론에서는 연극을 보는 심리를 관음증에 바탕하여 설명하곤 한다. 관객은 어두운 관객석에서 자신의 정체를 숨기며 환하게 드러나 보이는 무대를 마음껏 훔쳐볼 수 있기 때문이다. 관음증은 또 차를 타고 가며 차창 밖을 내다보면서 즐기는 즐거움이나, 고층 건물의 스카이라운지 같은 데서 창 옆 좌석에 앉아 바깥을 내려다볼 때 느끼는 쾌감, 낯선 곳을 여행하는 즐거움 등에도 해당된다. '나'의 정체를 숨기고 '남'을 엿볼 수 있다는 것은 역시 기묘한 쾌감인 것이다.

그렇다면 왜 인간에게는 관음증적 취향이 특히나 강한 것일까? 인간은 일 년 내내 섹스를 할 수 있지만, 그러다 보면 에너지의 소모가 많아 직접적인 성행위를 두려워하는 마음을 잠재의식 가운데 갖고 있기 때문이다.

특히 대도시에 살며 스트레스와 운동부족에 허덕이는 현대인들은 점점 더 원시적인 정력을 잃어가고 있다. 그러다 보니 직접적인 성행위보다는 '보면서 즐기는' 것을 좋아하게 되었다. 하지만 이런 것이 인간의 약점일 수만은 없다. 인간은 동물적 정력이 약하기 때문에 오히려 더 미적(美的)이고 다채로운 섹스를 즐기게 되었다. 말하자면 '대리만족감'이 '직접적인 만족감'을 능가하게 된 셈이다. 그래서 우선 외양이 야하고 화려한 사람이 이성에게 시각적 대리만족감을 주게 되고, 그런 야한 이성을 훔쳐보지 않고 떳떳이 볼 수 있는 사람이 훨씬 더 능동적인 사랑을 할 수 있게 된 것이다.

그러므로 이제는 관음증이 변태성욕이 될 수는 없다. 다만 '당당한 관음'이냐 아니냐의 차이만 있을 뿐이다. 하지만 '당당한 관음'이 못 된다 하더라도 그 원인은 개인의 비겁성 때문이라기보다 그 사회의 문화적 제약 때문이라고 볼 수 있다. 한국은 '당당한 관음'과 '당당한 노출'을 죄악시하는 대표적 국가다.

관음증과 짝을 이루는 것이 바로 노출증(露出症, exhibitionism)이다. 마치 사디즘(sadism)이 마조히즘(masochism)을 전제로 하는 개념이듯이, 관음증적 만족을 얻기 위해서는 자신을 남에게 노출시키면서 쾌감을 느끼는 사람이 필요하기 때문이다.

때때로 우리는 연예인들이 자신의 스캔들을 일부러 확대 선전하여 대중의 인기를 노리는 것 같은 느낌을 받을 때가 많다. 이런 경우 역시 '엿보는 쾌감'과 '드러내는 쾌감'의 주고받기가 이루어지는 경우라고 볼 수 있다. 무대예술을 하는 이들이 느끼는 예술적 성취감 역시 노출증과 연계되어 있다.

나는 어떤 여자 패션 모델이 패션쇼에 출연할 때마다 황홀한 성적 오르가슴을 느낀다고 고백하는 것을 들은 일이 있다. 그래서 나는 한 여자 패션 모델의 '드러내기' 심리와 한 남자의 '엿보기' 심리를 주제로 장편소설 『페티시 오르가즘』을 썼다. 그러므로 겉이 야한 여자(또는 남자)는 바로 '노출증을 즐기는 여자(또는 남자)'라고 할 수 있다.

노출증은 원래 남자에게나 여자에게나 똑같이 있다. 아프리카의 원주민들은 남자나 여자나 똑같이 야하게 차리고 다닌다. 19세기 초까지만 해도 유럽 남성들은 화려한 가발을 애용했고, 중국 남성들은 손톱을 길게 길렀다. 그러나 슬프게도 현대 문명국가의 남성들은 화장은 조금 하되, 머리나 손톱을 여성처럼 당당하게는 못 기르고, 현란한 장신구도 마음 놓고 하지 못하는 처지가 되었다. 그러다 보니 남성은 노출증보다 관음증 쪽으로 욕구가 몰리게 되었다.

물론 여성이라고 해서 마음껏 벗고 치장하며 설칠 수 있는 건 아니다. 예전 여성들은 종아리조차 드러낼 수 없었고, 아랍 국가에서는 아직도 여자들이 얼굴을 가리고 다니도록 강제하고 있다. 그러나 다행스럽게도 민주화된 나라의 현대 여성들에게 노출증적 치장 욕구를 만끽할 수 있는 자유가 점차 부여되어 가고 있고, 남성 역시 남성해방운동의 여파로 노출증적 욕구의 표현권이 점차 신장되어 가고 있다. 그러므로 사랑받고 싶은 사람은 여자든 남자든 마음껏 노출증을 즐겨야만 한다. 그런 의미에서 볼 때 속칭 '게이'나 '복장도착자', 즉 여장남성(女裝男性)들은 노출증적 욕구를 솔직하게 드러내는 용감한 사람들이다.

　요즘 우리나라 여성들의 의상이나 화장, 장신구 등이 무서울 정도로 화려해지고 있다. 여대생들조차 커다란 귀걸이나 대담한 색조화장, 그로테스크한 색깔의 머리 염색이나 매니큐어, 현란한 색채의 의상을 즐긴다. 한마디로 말해서 관능적인 차림새의 여성이 늘어나고 있는 것이다. 그런 차림으로 거리를 지나갈 때, 남자들이 자기를 힐끔힐끔 훔쳐보는 것에서 은근히 쾌감을 느끼는 심리 때문일 것이다. 남성 역시 마찬가지다. 여성들보다는 '치장의 자유'를 상당히 제한받지만, 그래도 젊은 남성들의 경우 화려하게 꾸미고 다니는 이들이 많아졌다.
　특히나 요즘은 자세히 뜯어봐서 예쁜 고전적 미녀나 미남이 되는 것보다는, 우선 노출이 많고 요란한 차림으로 남의 눈에 뜨이고 보자는 심리가 젊은 남녀들의 복식 또는 치장 심리를 지배하고 있다. 일종의 노출증을 즐기는 심리인데, 예전보다 좀 더 당당하게 그런 쾌감을 즐긴다는 것은 바로 '쾌락의 민주화' 또는 '미(美)의 민주화'가 이루어져 가고 있는 증거가 아닐까?

나는 이런 현상이 사치풍조나 퇴폐풍조라고는 생각하지 않는다. 그보다는 오히려 우리나라도 이젠 어느 정도 국민 소득이 높아져서, '평등하게 먹는 문제'만큼이나 '평등하게 미적, 성적 쾌감을 추구하는 문제'가 중요시되는 민주사회로 나아가고 있는 증거라고 본다. 물론 아직까지도 대담하게 야한 옷이나 예술작품에서의 '성기 노출'을 단속한다든가 하는 촌스러운 '인권유린'이 자행되고는 있다. 그러나 수구주의자들이 아무리 '최후의 발악'을 한다 하더라도 시대의 대세에 따른 변화의 흐름을 막진 못할 것이다.

그러니 이런 시대에 살고 있는 우리가 야해지지 못할 바가 없다. 완벽하고 고상한 미남·미녀가 되려고만 하지 말고, 야하게 화장하고 관능적으로 치장하고 스스로의 노출증을 당당한 나르시시즘으로 즐겨라! 그런 사람은 언제나 젊고 언제나 사랑받는다.

제4장
성적(性的) 매력의 원천으로서의 페티시즘

앞 장(章)에서 나는 야한 여자나 야한 남자가 아름답고, 야한 사람이 되려면 '노출증'을 스스로의 나르시시즘으로 즐길 수 있는 사람이 되어야 한다고 말했다.

그렇다면 일단 겉으로만 흉내 내는 것이 아니라 진짜 마음속 깊이 야한 사람이 된 다음에 구체적으로 어떻게 치장을 해야 하며, 어떤 부분을 노출시켜야 하며, 어떻게 전체적인 멋을 가꿔나가야 이성으로부터 사랑받을 수 있느냐 하는 실천적인 문제가 뒤따른다.

물론 이런 문제들은 모두 다 외관상의 문제에 속하는 것이다. 마음속으로 아무리 야한 사람이 된다고 해도 겉으로

촌티가 더덕더덕 나는 몰골로 이성의 사랑을 받을 수는 없다. 물론 마음이 야한 사람은 '관능적 상상력'이 발달한 사람이게 마련이므로, 누가 가르쳐주지 않아도 스스로의 외모를 매력적으로 가꿀 수가 있다. 그러나 워낙 사회적 인습의 장벽이 두텁기 때문에, 스스로의 선천적 본능을 아예 망각해 버릴 우려도 없지 않다.

사실 정신과 육체는 따로 분리될 수 있는 성질의 것이 아니다. 그렇기 때문에 정신이 육체를 지배할 수 있는 가능성만큼이나, 육체가 정신을 지배할 수 있는 가능성 역시 큰 것이다.

아무리 마음속이 야한 사람이라도 그것을 겉으로 표출시키는 것을 게을리하다 보면, 완전히 멋대가리 없는 인물로 전락할 우려가 있다. 오히려 겉을 화려하고 관능적으로 치장하다 보면 속까지 야해지는 경우가 더 많다. 특히 우리나라처럼 관능적 치장의 자유를 억압하고 천시하는 사회에서는(물론 멋을 낼 수는 있다. 그러나 역시 한계가 있다), 남보다 조금만 더 '튀게' 화장하고 몸치장을 하다 보면 마음속까지 점점 야해지면서 자유로워져 가고 있는 자신을 발견하게 되는 수가 많다.

그러나 남자들은 그런 기회조차 여자보다 훨씬 더 제한받는다. 그래서 관능적 상상력이 발달한 남자라 할지라도 자신의 천품을 아깝게 썩히게 되는 수가 많다. 대학에서 학생들을 상대하다 보면 남학생이 여학생에 비해 성적 상상력의 면에 있어 훨씬 둔감하고 답답하게 느껴질 때가 많은데, 그 까닭은 역시 남자들에게는 외모를 치장할 권리가 여자만큼 주어져 있지 않기 때문일 것이다.

그래서 그런지 그들은 돈을 주고 여자를 사서 정액을 배설하는 식의 무지막지한 성행동에는 용감하지만, 성적 유희나 상상력의 면에 있어서는 여자들에 비해 한결 더 보수적이고 한심하리만치 촌스럽다.

거듭 말하지만 인간은 원래 남녀를 불문하고 '드러내놓고 야해지고 싶은 본성'을 타고났다. 그러나 현대 남성들은 그러한 본성을 턱없이 억압당하고 있다. 그래서 그들은 대개 야한 여성을 질투하고 미워한다. 내가 소설 『즐거운 사라』에서 겉과 속이 다 야한 여자로 형상화한 '사라'가 구속되고 단죄받은 것도 그런 이유 때문이라고 볼 수 있다.

특히 수구적 봉건윤리에 세뇌된 남자들은 결혼할 때 상대방의 처녀성을 따지고, 결혼한 후에도 계속 의처증에 시달리는 이들이 많다. 여성을 근본적으로 질투하고 있기 때문이다. 그런 남자들은 심지어 자위행위조차 죄의식 때문에 당당하게 하지 못한다. 멋진 사랑을 위해서는 성교 자체보다 관능적 상상력에 의한 성희가 훨씬 중요하다는 것을 모르고 있기 때문이다.

아무튼 그래서 여자는 남자보다 한결 행복하다. 그들에게는 스스로의 '관능미'를 한껏 당당하게 가꿔나갈 수 있는 자유가 어느 정도 보장돼 있기 때문이다.

그래서 이 장(章)에서는 어떻게 하면 외면적인 '매력'을 보다 더 적극적으로 창조할 수 있는가 하는 문제에 대해 생각해 보려 한다.

사람들은 누구나 예쁜(또는 잘생긴) 이성(동성애자의 경우라면 동성)을 좋아한다. 누구한테 물어봐도 이성을 처음 볼 때 상대방의 외모에 집착하게 된다고 말한다. 그러나 이 세상 사람들이 모두 예쁘거나 잘생긴 이성만 찾는다면 못생긴 사람은 도저히 사랑을 나눌 수 없을 것이다. 그런데도 이 세상 남녀들은 쉽게 사랑에 빠지고 다들 그럭저럭 시집 · 장가를 간다.

왜 그럴까? '예쁘다'는 기준이 애매모호하기 때문이다. 그래서 "제 눈의 안경"이란 말도 나왔고 "사랑에 빠지면 곰보도 보조개로 보인다"는 속담도 생겼다.

소위 '첫눈에 반한다'는 것, 첫눈에 상대방의 매력에 사로 잡힌다는 것은 상대방의 객관적 외모와는 아무런 상관이 없다. 모든 미적(美的) 판단은 지극히 주관적이다. 특히 '타고난 미녀나 타고난 미남', 즉 화장이나 치장을 전혀 안 해도 예쁜 여자나 잘생긴 남자에 대한 환상과 선망에 사로잡힌다는 것은 정말 부질없는 짓이다.

물론 타고난 미남이나 미녀가 간혹 있긴 하다. 그러나 그런 외모를 못 가진 것을 한탄하며 세월을 보내다 보면 열등감과 우울증에 빠져버리기 십상이다. 성형수술을 아무리 여러 번 한다 해도 완벽한 미남·미녀가 되긴 어렵다. 특히 현대인의 미의식은 전형적인 미남·미녀보다 개성적인 미남·미녀를 선호하는 쪽으로 변해 가고 있다. 그렇기 때문에 이성에게 사랑받기를 원하는 모든 남녀들은 완벽한 미인이 되려는 환상을 한시바삐 떨쳐버리고 인공미(人工美)에 의한 성적 매력의 창조를 위해 노력해야 한다. 그러기 위해서는 '페티시즘(fetishism)'의 심리를 이해하는 것이 필요하다.

페티시즘은 신체의 특정 부위나 인체에 부착된 물건을 보고 성적 흥분이나 만족을 얻는 심리를 가리키는 용어다. 원래 '페티시(fetish)'란 말은 어떤 마술적 의미를 가진 숭배물 또는 대상을 지칭하는 말이다. 이럴 경우엔 페티시즘을 물신숭배(物神崇拜)나 주물숭배(呪物崇拜)로 번역한다. 성적(性的) 의미의 페티시즘은 우리말 번역이 꽤 까다롭다. 절편음란증(節片淫亂症)이라고 번역하는 학자도 있으나 그렇게 되면 페티시즘이 너무 변태성욕 같은 인상을 주기 쉽다. 그래서 나는 그 말보다는 차라리 '고착적(固着的) 탐미애(眈美愛)' 정도로 번역하는 편이 낫다고 생각한다.

성적 의미의 페티시즘은 인체의 특정한 부분을 보거나 접촉하면서 성적 만족을 얻는 일종의 '성적 숭배'다. '매력적이다'라는 말을 영어로는 'charming'이라고 하는데, 'charm'은 '마술'을 의미한다. 그러므로 'charming'이라는 말의 뜻은 마술에 홀린다는 뜻이다(매력의 '매(魅)' 자에도 귀신 '귀(鬼)' 자가 들어 있지 않은가). 따라서 우리는 어떤 이성을 볼 때 그 사람이 지니고 있는 어떤 마술적 주물(呪物) 즉 '페티시(fetish)'에 홀려, 그것에 매력을 느끼고 사랑에 빠져든다고 할 수 있다.

그러므로 이성에게 사랑받으려면 스스로의 개성적 페티시를 개발해야만 한다는 결론이 도출된다. 말하자면 사람들은 누구나 상대방의 '전체'보다는 어떤 특정한 '부분'에 매료된다는 사실을 확실히 알아둘 필요가 있다.

페티시는 '성적 상징 역할을 하는 일부분'이라는 의미에서 심벌리즘(symbolism)과도 관계가 깊다. 어떤 특정한 부분이 전체를 대표하거나 암시하는 것이 상징인데, 그런 의미에서 볼 때 페티시는 '관능적 상상력의 확산을 위한 상징적 자극물'이다.

　사람들은 누구나 어느 정도는 다 페티시스트(fetishist)들이다. 누구나 어떤 이성을 처음 볼 때 상대방의 다리나 머리카락 또는 손 등 제일 먼저 눈길이 가는 곳이 있게 마련이다. "나는 가슴에 털이 많은 남자만 보면 미쳐"라고 말하는 여자도 있고 "나는 손톱을 길게 기른 여자만 보면 미쳐"라고 말하는 남자도 있다(나의 경우가 그렇다).

　남성이 갖는 페티시즘의 일반적 대상은 여자의 피부색, 머리색, 손 및 손톱, 발, 머리카락, 젖가슴, 다리, 엉덩이, 배꼽 등을 비롯하여 속옷, 장갑, 털코트, 그물 스타킹, 꽉 끼는 가죽옷, 노출이 심한 의상, 긴 부츠, 하이힐, 독특한 화장, 그리고 귀걸이, 목걸이, 팔찌, 발찌류의 장신구 등이다.

　여성도 남성에게서 페티시즘적 흥분을 느낀다. 그럴 경우 그 대상이 되는 것은 머리카락, 피부색, 콧수염, 손, 가슴털, 관능적 의상, 금테 안경이나 귀걸이 등의 장신구, 향수 냄새 등 여성의 페티시와 대동소이하다. 나는 특별히 긴 손가락을 갖고 있는데, 내 손가락을 바라보며 묘한 관능적 흥분을 느꼈다고 고백해 온 여자들이 많다.

페티시스트는 일반적으로 여성보다 남성에게 더 많다. 남성은 여성에 비해 성교할 때 지나친 에너지를 소모하므로 삽입성교보다 관음증과 관련된 페티시즘을 더 선호하기 때문이다.

고전적인 의미의 페티시스트는 정력이 약한 남자나 중 · 노년기의 남녀에게 많다. 그러나 현대의 도시인들이 대개 스트레스와 운동부족에 기인한 '창백한 지식인'들이란 점을 감안한다면, 현대인들은 나이가 많든 적든 거의가 페티시스트들이라고 볼 수 있다. 그러므로 만약에 죽어도 페티시스트가 싫다는 사람은 아프리카의 밀림으로라도 가서 변강쇠나 옹녀같이 무지막지한 정력을 가진 원시인을 찾아야만 할 것이다.

페티시즘을 미학적 관점에서 살펴보면, 그것은 변태성욕이라기보다 현대에 이르러 민주화 추세에 따라 달라지기 시작한 미적(美的) 관점의 변화를 반영하는 심리라고 할 수 있다. 즉 미의 기준이 획일적 균형미에서 다양한 개성미로, 고전적 우아미에서 관능적 퇴폐미로 바뀌어가는 경향을 지배하고 있는 심리가 바로 페티시즘이다.

그러므로 페티시즘의 취향을 특별히 강하게 지닌 사람을 가른다면, 까다로운 심미안을 가진 유미주의자로서, 직접적인 성교보다는 이성에 대한 '탐미적 완상(玩賞)'을 좋아하는 독신주의자를 대표적으로 꼽을 수 있을 것이다. 탐미적 페티시스트의 경우엔 생식적 성교보다는 비생식적 성희로서의 관음(觀淫)이나 구강성교, 또는 이성의 손을 빌려 하는 자위행위를 더 좋아하는 경향이 있다.

고전주의 시대의 미적(美的) 기준은 균제(均齊)와 조화(調和)로서, 전체적으로 균형 잡힌 우아한 미모를 이상으로 하였다. 그러나 낭만주의의 도래와 함께 미(美)의 이상은 바뀌기 시작한다. 그래서 '그로테스크한 아름다움'의 대두와 더불어 "관능적인 것은 어떤 것이든 아름답다"는 쪽으로 의식의 변화가 이루어졌다.

여성의 경우, 예전에는 아름다움의 기준이 다분히 획일적이었다. 우리나라 조선시대 때는 앵두 같은 입술, 초생달 같은 눈썹, 세류(細柳)같이 가는 허리, 처마처럼 흐른 어깨라야 되었다. 유방이 커서도 안 되고 키가 커서도 안 됐다. 눈도 발도 다 작아야만 했다.

특히 기준이 제일 엄격했던 것은 얼굴의 모양새였다. 참

58

외쪽 같기도 하고 계란 같기도 한 갸름한 얼굴형이어야만 미인으로 쳤다. 무엇보다 이마의 모양이 아주 중요했다. 요즘처럼 이마를 푹 가리는 헤어스타일은 도무지 상상할 수 없었던 시대였으므로, 단아하게 머리를 위로 빗어올려 땋든, 쪽을 찌든, 트레머리를 하든 간에 좌우지간 이마가 반듯하면서 넓지도 좁지도 않아야 했다.

이런 형의 미녀가 되려면 미모를 타고난, 그것도 인습적으로 규정된 미모를 타고난 여인이라야만 가능하다. 시대에 따라 미의 기준은 조금씩 달라지게 되지만, 아무튼 주로 '전체적인 조화'와 '타고난 미모'가 미인의 기준이 되었던 것은 동서양이 다 같다.

그러나 낭만주의 시대 이후 현대에 들어와서는 아름다움이란 타고난 것이 아니라 '만들어지는 것'이라는 새로운 신념이 사람들 사이에 싹텄다. 특히 오스카 와일드는 "예술이 자연을 모방하는 것이 아니라 자연이 예술을 모방한다"고 선언하여 예술적 인공미를 강조함으로써, 자연미의 환상으로부터 벗어나고자 노력하였다.

그래서 그 이후로는 자기의 단점을 커버하고 장점을 살리는 식의 미용법이 강조되기 시작했다. 이마가 너무 넓으면 머리카락으로 푹 가리면 되고, 광대뼈가 너무 나왔으면 머리를 좌우로 늘어뜨려 뺨을 가리면 된다는 식이다. 거꾸로 이마가 예쁘면 머리를 모두 뒤로 빗어 넘겨 이마를 드러내 면 된다. 또한 화장술과 성형수술의 발달은 외모상의 단점 을 보완하는 데 큰 역할을 하였다.

페티시즘은 누구나 관능적인 사람이 될 수 있게끔 하는 '개성적 매력의 창출'에 큰 역할을 한다. 성형수술을 통해 부족한 점을 보완하는 것도 미적(美的) 평등에 기여한 커다 란 발전이긴 하지만, 아직도 '전체적인 조화미'를 겨냥한다 는 점에서 충분한 해결책은 되지 못한다. 그보다는 '부분적 인 강렬함'으로 '전체적인 조화'를 압도할 수 있을 때, 누구 나 아름다워질 수 있는 기틀이 마련된다고 본다.

그렇게 되면 개개인은 누구나 자기의 기호와 관능적 상상 력을 살려 각자의 '페티시'를 당당하게 개발해 나갈 수 있게 된다. 여자의 경우라면 '화장을 전혀 안 하고 장신구도 안 한 여자가 진정 아름다운 여자'라는 자연미의 환상으로부터 해방되어, 각자 스스로의 페티시를 통해 나르시시즘을 즐 기면서, 아울러 자기가 가꾼 페티시에 집착하는 이성과의 사랑도 가능해지게 되는 것이다.

예컨대 특별히 긴 머리카락이나 특별히 긴 손톱을 스스로의 페티시로 가꿀 경우, 그 페티시가 풍기는 관능적 매력은 전체적인 조화미, 균형미를 훨씬 능가할 수 있다. 그리고 긴 머리카락이나 긴 손톱에 특별히 집착하는 이성의 성적 상상력을 자극하여 서로 지속적인 사랑을 나눌 수 있다.

'전체적으로 완벽한 미'란 실제로 존재하지 않는다. 그리고 그런 것이 실제로 존재한다 하더라도 그것은 관념적인 것이어서 성적인 것과는 무관하다. 성적인 아름다움만이 진정한 아름다움이요 실용적 아름다움이라는 인식이 보편화될 수 있을 때, 우리는 인간이라면 누구나 갖고 있는 외모 콤플렉스로부터 해방될 수 있다.

몇몇 기업가들이 유행심리를 조작하여 만들어낸 획일적인 헤어스타일과 획일적인 의상 등은 이제 차츰 사라져가고 있다. 이제는 다리가 예쁜 여성은 짧은 치마를, 다리가 미운 여성은 긴 치마를 입을 권리가 있다. 화장도 전체적인 화장에서 부분 화장으로 바뀌어가고 있다. 또 남성들의 복장이나 헤어스타일 역시 점점 더 개성화되고 관능적으로 되어간다.

그러나 이러한 '개성미의 확장'이 단지 스스로의 단점을 커버하는 정도에 머물러서는 안 된다. 보다 대담하게 스스로의 페티시를 창조하는 데까지 이르러야 한다. 그러려면 각자의 개성적 페티시를 인정해 줄 수 있는 자유주의적 사회풍토의 확립이 시급하다. 각자의 개성적 페티시를 적극적인 성애를 위한 상징적 자극물로 수용하려는 자세가 사회적으로 정착될 수 있다면, 우리는 관념적, 도덕적으로 강제된 획일적 섹스로부터 해방되어 누구나 창조적인 쾌락을 향유할 수 있게 될 것이다.

인간이 그리워하는 원초적인 마음의 고향은 물론 아담과 이브가 벌거벗고 뛰어놀던 에덴동산이다. 그러나 나체주의(nudism)로 돌아간다고 해서 우리가 다시금 행복을 보장받을 수는 없다.

우리는 차라리 애초에 수치심의 표상으로 생겼던 '무화과 잎사귀'를, 자연미에 대항하는 '개성적 페티시'로서의 '관능적 창조물'로 변화시킬 수 있어야 한다. 그럴 때 인간은 신의 피조물로서의 '숙명'과 자연법칙에 종속된 '생식적 섹스'의 장벽을 뛰어넘을 수 있다. 그리고 창조적 아름다움과 성이 일체화되는 기쁨을 맛볼 수 있다.

지금까지 변태성욕의 하나로만 간주됐던 페티시즘을 현대인의 모든 생활미학에 적용시킬 때, 개개인의 미의식과 성관(性觀)은 창조적 발전의 전기를 맞게 되고, 인간은 관념적 자유가 아닌 실제적 자유를 쟁취할 수 있게 된다. 실제적 자유의 쟁취는 '다양한 쾌락 추구의 정당성'이 보편타당한 것으로 받아들여지는 사회풍토에서만 가능하기 때문이다.

사랑과 성(性)의 자유를 추구하는 모든 사람들이여, 아니 권력과 결탁한 갖가지 도덕적 금제(禁制)들로부터 자유로워지고 싶어 하는 모든 사람들이여, 지금부터라도 자신의 페티시를 당당하게 창조해 나가라! 그것은 성해방의 시발(始發)인 동시에 인간해방의 시발이 된다.

제5장
'프리 페팅'과 '프리 섹스'

    사랑은 철저한 '쾌락원칙'에 의해 그 만족도가 결정지어진다. '정신적인 사랑'이란 있을 수 없다. 만약 그런 것이 있다면 그것은 성행위의 준비단계로나 존재할 뿐이다.

    사춘기 때는 흔히 센티멘털리즘에 젖어 정신적인 사랑에 빠져들기 쉽다. 이성을 흠모하고, 숭배하고, 한없이 미화시킨다. 그래서 그때 읽게 되는 러브 스토리들은 『젊은 베르테르의 슬픔』이나 『독일인의 사랑』 또는 『나의 청춘 마리안느』 같은 이른바 플라토닉 러브를 다룬 작품들일 경우가 많다.

    그러나 나이를 먹어갈수록 점점 더 그런 문학작품들에 대

해 회의와 염증을 느끼게 되고, 정신 중심의 비현실적인 사랑보다는 육체 중심의 직접적인 성애를 다룬 작품들을 좋아하게 되는 것이다.

사춘기 때 정신적인 사랑에 집착하게 되는 이유는, 그 나이 때는 성적 욕망의 직접적 충족을 죄악시하도록 부단히 길들여지기 때문이다. 그래서 청소년들은 할 수 없이 일종의 대상적(代償的) 섹스를 구해 플라토닉 러브에 매달리게 된다.

오히려 나이가 아주 어릴 때는 정신적 사랑이란 것이 전혀 존재하지 않는다. 어린아이가 어머니에게 느끼는 사랑이란 엄마의 젖을 빨아 먹을 때 느끼는 오럴 섹스(oral sex)로써의 쾌감과, 엄마의 따뜻한 가슴에 안겨 젖가슴을 주무를 때 느끼는 터치(touch)로써의 쾌감이 전부다.

어머니가 어린 자식에게 "나는 너를 사랑한다"고 수백 번 외쳐봤자 소용이 없다. 아이는 그런 말을 알아들을 수 없을 뿐만 아니라, 설사 그 내용을 알아듣는다 하더라도 그것만 가지고는 도저히 만족하지 못한다. 그보다는 한 번 껴안아주거나 한 번 볼을 비벼주는 것이 아이에게 어머니의 사랑을 느끼게 만들어줄 수 있는 방법이 된다. 말하자면 '터치'를 포함한 일체의 살갗 접촉(skinship)이 사랑의 전부인 셈이다.

이것은 어른들의 사랑에 있어서도 마찬가지다. 그런데도 사춘기나 청년기 때 자칫 정신적 사랑에 빠져들게 되는 까닭은, 소년기 이후 이런 피부 접촉이 대체로 금지되고 있기 때문이다. 어린아이 때는 엄마의 젖가슴을 주물러도 아무런 제재를 받지 않지만, 중학교에 들어갈 나이만 돼도 그런 행동은 '망칙한 짓'으로 간주되기 쉽다. 그러다 보면 사춘기를 전후한 나이 때의 성적(性的) 기아상태는 심각한 정도에 이르게 되어 청소년들의 정서를 피폐하게 만드는 것이다.

그래서 그들은 스스로의 성적 기아상태를 어떻게 해서라도 모면해 볼 요량으로 쉽사리 '정신적 사랑'이라는 대상물(代償物)을 찾게 된다. 이런 '정신적 사랑'에의 믿음이 결혼 직전까지 간다면, 그 사람의 결혼생활은 불행해지기 쉽다. 결혼이란 것은 사실 '합법적으로 성욕을 충족시키기 위한 수단'에 불과한 것이다. 그런데 육체적 접촉을 불결하게 생각하는 고정관념이 결혼 이후까지 조금이라도 남아 있게 된다면, 부부관계는 파탄으로 끝날 수밖에 없다.

그러므로 소년기와 사춘기, 그리고 청년기에 걸쳐서 어떻게 하면 자연스럽게 성적 기아상태를 모면하게 해줄 수 있는가 하는 문제가 앞으로 진지하게 토의되고 연구되어야만 한다.

　우리 사회에 만연된 '성 알레르기' 현상을 없애기 위해서는, 다음과 같은 사실에 우선 모두가 동의할 필요가 있다. 즉, 사랑이란 쾌락원칙을 벗어날 수 없는 것이고, 사랑의 쾌락은 오로지 '육체적 접촉'에서 온다는 사실이다. 입으로 말하는 언어가 아니라 '육체적 언어(body language)'만이 사랑을 전달해 준다.

　'비틀즈'의 존 레논이 부른 「사랑(love)」이란 노래가 있는데, 그 가사 가운데 "love is touch, love is feeling(사랑은 접촉, 사랑은 느낌)"이라는 대목이 있다. 나는 사랑을 이만큼 정확하게 정의한 말도 없다고 생각한다. 정말 그렇다. 따뜻한 접촉감, 포근한 안식감 같은 것이 바로 사랑의 본질인 것이다.

　'터치(touch)'라는 말은 또한 '감동시키다'라는 뜻도 아울러 가지고 있다. 그러니까 '어루만져 줘야만 감동한다'는 의미가 '터치'란 단어 안에 내포돼 있는 셈이다.

　섹스가 곧 사랑이라고 말하면 섹스를 '성교'의 의미로 받아들여 '성교해야만 사랑할 수 있다'고 생각하는 사람들이 많은데, 사실은 그렇지 않다. 섹스는 보다 더 넓은 뜻으로 쓰여야 한다. 터치도 섹스고 키스도 섹스다. 모든 사랑의 애무는 다 섹스다.

사랑의 행위에서 관념을 배제시킬 수 있을 때, 그리고 섹스의 의미를 더 폭넓게 받아들일 수 있을 때, 그때 비로소 우리의 애정생활은 풍부해진다. 나는 성교 자체보다는 터치를 위주로 한 애무에 더 큰 비중을 두고 싶다.

터치 못지않게 중요한 게 또 있다. 영어를 자꾸 써서 미안하지만, 'sucking(빨기)'과 'licking(핥기)'이 그것이다. 이 역시 어린아이 때의 성행동 패턴이기 때문인데, 그러므로 나는 존 레논의 가사에 덧붙여 사랑을 내 나름대로 이렇게 정의하고 싶다. "Love is touch, love is sucking, love is licking, love is not intercourse!(사랑은 접촉이고, 핥고 빠는 것이다. 사랑은 삽입성교가 아니다!)"라고.

사랑의 행위를 함에 있어, 손으로 만지고 혀로 핥고 빠는 것을 아주 자연스럽게 행동화시키는 사람이 있는가 하면, 그것을 아주 불결시하는 사람도 있다. 사람들 가운데는 생식적 성교는 마지못해 한다 하더라도 '디프 키스(deep kiss)'나 '구강성교(fellatio 또는 cunnilingus)'만은 더러워서 못하겠다고 하는 이들이 있는데, 그런 사람들은 사랑의 기쁨을 누릴 자격이 없는 사람들이다(그들의 심리상태는 대개 도덕적, 종교적 죄의식으로 억압되어 있다). 우리는 어렸을 때부터 늙어서 죽을 때까지 오로지 만지거나 더듬고 핥고 빨면서 사랑을 나누도록 되어 있기 때문이다.

에로틱한 쾌감은 성교에 의한 사정(射精)과 수정(受精)에 있지 않다. 진정한 쾌감은 '헤비 페팅(heavy petting)'에서 오는 것이며, 페팅에서 가장 중요하게 쓰이는 것은 손과 혓바닥이다. 혀는 미각을 담당하는 기관이기도 하지만, 먹는 것보다 더 중요한 일이라고 할 수 있는 사랑의 행위를 이끌어가는 소중한 도구이기도 하다. 그래서 음식맛에 민감한 사람은 성애에도 민감하고 적극적이게 마련이다.

사람은 동물과는 다르게 발정기가 따로 없다. 그러나 일 년 내내 성교만 하라고 조물주가 그렇게 만들어준 것은 아니리라. 성교는 단지 종족 보존을 위한 최소한의 횟수로 그치고, 나머지 시간은 계속 애무하며 즐기라고 조물주는 우리에게 일 년 내내 '성적 흥분상태'를 선물해 준 것이다.

물론 원시시대의 인류는 개나 고양이처럼 발정기 때만 성행위를 했을 것이다. 당시의 인류는 동물과 다름없었기 때문이다. 그때의 성(性)은 순전히 타고난 본능에 속한 것이어서, 성행위 역시 무의식화(無意識化)된 반사적 충동에 지나지 않았다.

　말하자면 원시시대의 인류는 누구에게 배우지 않고서도 발정기 때마다 저절로 성행위가 가능하였다. 발정기 때만 성충동을 갖는 개나 고양이를 보면, 성에 대한 사전 지식은 아무런 의미도 없다는 것을 알게 된다. 그들은 오직 종족 보존을 위해 때가 되면 무의식적으로 이성에게 덤벼들 뿐이다.

　그러나 인류가 재배 기술과 목축 기술을 익혀 기아에서 벗어나고 문명을 발전시켜 감에 따라, 인간의 성생활은 무의식적 본능의 영역에서 의식적 표현의 영역으로 바뀌게 되었다.

　그 이유는 영양 과잉에 따른 대뇌생리(大腦生理)의 진화 때문이었다. 그래서 인류는 사계절을 막론하고 성적 욕망을 느끼게 되었고, 현재의 인류에게 있어 성적 욕망은 단순한 본능에 속하는 것이 아니라 개인의 '성적 상상력'에 의해 조절이 가능한 것이 되었다. 매일같이 성욕을 느끼는 사람이 있는가 하면, 오래 수도한 승려처럼 몇 년간에 걸쳐 전혀 성욕을 느끼지 못하는 사람도 있게 된 것은 이 때문이다.

　성적 상상력에 대한 좋은 예로, 예전에 왕궁에서 일했던 환관들의 성생활을 들 수 있다. 그들은 고환이 제거되어 사정(射精) 능력은 없어졌지만, 사람에 따라서는 발기 능력이 있을 수도 있었고 성적 쾌감을 느낄 수도 있었다. 인간의 성적 쾌감은 성 호르몬에 의해서 만들어지는 게 아니라, 대뇌 생리에 따라 이루어지는 성적 상상력에 좌우되는 것이기 때문이었다.

그래서 사랑에 있어서의 '터치'는 더욱더 중요하다. 특히 혀를 통한 온갖 형태의 애무는 사정(射精) 후의 허탈감을 동반하지 않으며, 원치 않는 임신의 공포로부터 우리를 해방시켜 준다.

한국의 연애 풍토는 요즘 점점 개방화 시대로 나아가고 있다. 그래서 결혼 전의 섹스가 흔하게 이루어지고 파트너를 바꿔가면서 하는 프리 섹스 또한 종종 이루어진다. 하지만 성에 대한 이중 잣대와 위선적 성윤리가 여전히 지배 이데올로기로 기능하고 있기 때문에, 구체적인 성교육이나 피임교육이 제대로 시행되지 않아 많은 부작용이 생겨난다. 젊은 혈기를 못 이겨 일단 정신없이 사랑의 불꽃을 피우기는 했는데, 단 한 번의 오르가슴(특히 남성의 경우에는 겨우 5-6초 동안에 불과한) 때문에, 그 대가를 톡톡히 치르는 경우가 많다.

즉, 혼전 임신 때문에 많은 남녀가 고민하고 있는 것이다. 단 한 번의 실수 때문에 원하지 않는 결혼을 억지로 하게 되는 수도 있고, 아이를 유산시켜 버린 다음에 그만 서로가 정나미가 떨어져 헤어지게 되는 경우도 많다.

나는 이런 현상들이 모두 '프리 섹스(free sex)'의 의미를 '프리 인터코스(free intercourse)'의 뜻으로 잘못 받아들이고 있기 때문이라고 생각한다. 물론 완벽한 사전 피임을 전제로 한 '프리 인터코스'라면 그것을 꼭 나쁘게 보고 싶지는 않다. 그러나 우리나라같이 아직도 혼전 성교를 윤리적으로 금기시하고 있는 사회에서는, 청춘남녀의 거리낌없고 지속적인 피임과 '프리 인터코스'는 상당히 불가능한 게 사실이다. 아무래도 뒷맛이 께름칙할 것이기 때문이다.

꼭 성교만이 두 사람의 사랑을 확인해 볼 수 있는 애정표현 방법도 아니다. 그러므로 앞으로는 '프리 섹스'의 의미를 '프리 페팅(free petting)'의 의미로 사용해야 할 것 같다. 사랑하는 남녀 사이에 이루어지는 '헤비 페팅(heavy petting)'은, 사실 성교보다도 훨씬 더 지속적이고 달콤한 쾌감을 선물해 준다. 두 사람이 페팅을 하며 사랑을 하는 데 익숙해져 있을 경우에는 성교에 대한 갈망도 자연 줄어들게 마련이어서, 원치 않는 임신이나 양심적으로 께름칙한 임신중절을 막을 수 있다.

혼전 임신은 대개 엉겁결에 이루어지는 수가 많다. 성에 대한 사전 지식 없이, 특히 애무의 방법이나 기술에 대한 아무런 사전 지식 없이 서로 막연히 좋아하며 '정신적 사랑'만을 나누다가, 어느 날 갑자기 왈칵 솟아오르는 정욕에 의해 화급한 성교가 이루어지기 때문이다.

그럴 경우 남성은 정복욕을 채움으로써 상대방의 사랑을 확인하고자 하고, 여성 역시 정복당함으로써 남성의 품 안에 안정되고자 한다. 그러나 이런 식의 돌발적인 성교는 아무런 쾌감도 가져다주지 않으며, 도리어 두 사람의 사랑을 깨뜨려버리기 쉽다.

또 설사 두 사람 간에 합의가 이루어져 지속적인 성교가 이루어진다 해도, 두 사람은 각각 습관적이고 의무적인 성행위의 반복으로 인해 쉽사리 권태기로 들어가기 쉽다. 처음엔 둘 다 호기심과 소유욕 때문에 삽입성교를 원하지만, 그것이 자주 반복될 경우 곧 피곤해져서 그만 짜증을 느끼게 되는 것이다.

사실 삽입성교는 정말로 싱겁고 단순한 행위다. 서로간의 애틋한 정보다는 힘 겨루기만 있고, 그 결과로는 동물적인 배설과 임신 걱정만 있을 뿐이다. 그러므로 이제부터는 다양한 애무 방법을 개발하여 '은근한 사랑의 유희'를 즐겨보기 바란다.

　생식적 성교 이외의 모든 성적 접촉을 '변태'라고 규정한 프로이트의 생각은 틀린 것이다. 그는 구강암(口腔癌)을 앓아 평생 동안 서른 세 번이나 수술을 받는 고통을 당했기 때문에, 특히 '오럴 섹스'를 증오하고 경멸하였다. 그는 오럴 섹스뿐만 아니라 흡연 습관이나 군것질까지도 모두 다 유아기의 구강성욕으로 퇴행한 형태로 간주했다. 사람들은 누구나 자기가 하지 못하는 것을 경멸하는 체하며 자기위안의 수단으로 삼는다. 그러므로 우리는 프로이트의 거짓말에 속아 넘어가서는 안 된다.

　오럴 섹스를 위주로 하는 비생식적(非生殖的) 섹스가 오히려 우리를 부담 없는 쾌감, 정력의 낭비 없는 쾌감, 항상 에로틱한 상상에 빠져 끊임없는 판타지를 즐길 수 있는 신비스러운 쾌감으로 인도해 준다.

제6장
사디즘과 마조히즘의 활용

사랑을 좀 더 적극적으로 즐기고 싶은 사람이라면 마조히스트(masochist)가 되든지 사디스트(sadist)가 되든지 둘 중 하나를 택하는 것이 좋다. 현재 상황으로는 특별히 남성동경사상이 강한 여성을 빼고는 거의 모든 여성이 마조히스트이고, 특별히 여성동경사상이 강한 남성을 빼고는 거의 모든 남성이 사디스트다. 그러므로 여자는 마조히스트, 남자는 사디스트가 되는 게 사랑하는 데 유리하다. 그렇다고 해서 사디스트가 특별히 이득을 보고 마조히스트가 특별히 손해를 보는 건 아니다.

대개의 남자들은 여자가 마조히스트인 것을 좋아한다. 남

ma

자들이 좋아하는 여성형이 '관능적 백치미'를 가진 여자라는 것은 이젠 거의가 다 동의하는 사실이다. 그러므로 유순하면서도 귀여우며, 그러면서도 여성 특유의 미적(美的) 센스에 특별히 민감한 여자, 이런 여자들이 사랑의 기쁨을 누릴 확률이 높다.

왜 하필 여자에게 마조히스트적 속성이 강한가, 여자는 사디스트가 될 수 없단 말인가, 하고 억울해하는 여성 독자가 있을지도 모르겠다.

그러나 하늘과 땅이 다르고 음과 양이 다르듯이, 남녀의 타고난 천품과 역할 역시 다를 수밖에 없다. 남녀는 도저히 똑같을 수 없다. 요즘 여성해방을 부르짖는 여자들 가운데는, 짧은 생머리에 헐렁한 바지, 그리고 화장기 없는 얼굴을 여성해방운동의 상징적 표현으로 내세우는 경우가 많은데, 그것은 여성으로서의 특권을 포기하고 오로지 남자처럼 돼 보겠다는 '남성숭배'의 심리 이외에 아무것도 아니다.

그런 여자들의 마음은 자기가 여성이라는 사실에 대한 쓸데없는 열등감과, 그런 열등감에 기인하는 남성에 대한 적개심으로 가득 차 있다. 선천적 기질은 마조히스트로 태어났으면서 의식적으로는 사디스트가 되고 싶어 하는 데서 오는 양가감정(兩價感情)의 갈등은, 그들을 결국 사랑스럽지 못한 여인으로 만들어버리고 스스로의 불행을 자초하게 하는 것이다.

　마조히즘을 여성 특유의 특권으로 향수(享受)할 때 남성혐오증은 불식될 수 있다. 사실 남성들이 여성들보다 더 불쌍하다고 봐야 한다. 사디스트는 과도한 책임감에 짓눌려 있기 쉽다. 여자는 모든 책임을 남자에게 미룰 수 있는 국외자적(局外者的) 방관자로서의 느긋함을 즐길 수 있으며, 한껏 야하게 화장할 수도 있고, 약자(弱者)임을 핑계 삼아 보호받을 수도 있다.

　난파선에서 제일 먼저 구조되는 것은 어린아이와 부녀자들이다. 여자에게는 병역의 의무도 없다. 책임감과 부담감이 적으므로 평균수명도 남자보다 더 길고, 섹스를 할 때도 남자보다 힘이 훨씬 덜 든다. 남자는 성행위를 할 때 너무나 많은 에너지를 소모하므로 설사 섹스를 밝힌다 하더라도 오래 못 버틴다. 어떤 사회든 남창보다 창녀가 몇 백 배 더 많은 것은 이 때문이다. 마조히즘은 굴욕적 복종이 아니라 감미로운 책임 회피가 될 수도 있고, 포근한 안주(安住)가 될 수도 있는 것이다.

　마조히즘이란 용어는 19세기 후반 오스트리아의 소설가자허 마조흐(Sacher Masoch)가 쓴 『모피코트를 입은 비너스』에서 비롯된 말이다. 그 소설의 주인공이 이성으로부터 신체적, 정신적 학대와 고통을 받아야만 성적 만족을 얻는 일종의 성도착자(性倒錯者)였기 때문에, 심리학자 크라프트 에빙은 작가의 이름을 따 그런 종류의 성도착자를 마조히스트, 그런 형태의 성도착증을 마조히즘이라 이름 붙였다.

마조히즘은 이성한테 정신적이나 육체적으로 학대를 받을 때 성적 쾌감을 느끼는 심리를 말하는데, 이를테면 노예처럼 부리기, 매질, 짓밟기, 말 못하게 하기, 밧줄로 옭아매기, 언어적 모욕 등을 즐겁게 받아들이는 심리다. 그러나 넓은 의미에서의 마조히즘은 변태적 쾌락의 탐닉이라는 범주를 벗어나, 극기적 수련이나 금욕적 생활을 통해 최고의 기쁨을 느끼는 종교적 고행까지를 포함한다.

마조히즘이 성립되려면 그 반대의 입장, 즉 이성에게 정신적, 육체적으로 고통을 가하는 사람이 있어야 한다. 거기에 해당되는 것이 바로 사디스트이고, 그런 심리가 사디즘이다.

사디즘 하면 보통 가학적 고문이나 살인 등을 연상하고 가장 변태적인 성욕으로 간주하는 수가 많다. 그러나 내 생각으로는 사디즘을 '무섭고 끔찍한 사디즘'이 아니라 '아름답고 달콤한 관능적 상상의 유희'로 즐길 수 있는 방법이 있다고 본다.

사실 사디즘이란 말을 낳게 한 장본인인 18세기 말 프랑스의 작가 사드(Sade)의 작품은 정말 끔찍하고 잔인하다. 대표작 『소돔 120일』 등 대개의 소설들이 여자들을 집단적으로 납치하여 감금시켜 놓고 매일 채찍질 세례를 가하다가 결국엔 죽여버리고 마는 내용으로 되어 있기 때문이다.

그러나 마조흐의 작품인 『모피코트를 입은 비너스』에 나오는 사도마조히즘(sado-masochism: 사디즘과 마조히즘을 합친 말)은 끔찍하고 잔인한 판타지가 아니라 탐미적 분위기의 관능적 판타지를 보여준다. 이 작품에 나오는 사디스트 여주인공은 언제나 맨살에 모피코트만을 걸치고 높은 뾰족구두와 고혹적인 화장으로 남주인공을 즐겁게 해주는 것이다.

남주인공은 무조건 매 맞는 것 자체를 즐기는 것이 아니라 '관능적인 분위기 가운데서 매 맞는 것'을 즐긴다. 그는 여자가 화려한 차림을 하고(그의 '페티시'는 모피코트다) 황금 장식이 달린 섹시한 모양의 채찍(거기에 맞으면 상처가 날 정도로 무지막지하게 생긴 말채찍 같은 게 아니라 그저

따끔따끔 아플 정도로 귀엽고 깜찍하게 만들어진)으로 때
려줄 때, 그리고 여자가 송곳같이 뾰족한 하이힐 굽으로 자
기의 등이나 엉덩이를 짓누르는 '척'해 줄 때(진짜로 힘을
주어 짓누르면 쾌감이고 뭐고 없다) 황홀한 오르가슴을 느
낀다.

　이런 달콤한 탐미성에 바탕을 두고 관능적 상상력의 촉매
제 역할을 하는 사도마조히즘이 바로 내가 바라는 사도마조
히즘이다. 소위 '변태성욕'이란 병적인 성적 결벽증이나 강
제로 추행을 하는 경우에만 해당될 수 있는 개념이라고 나
는 생각한다. 남을 해치지 않는 한, 서로간의 관능적 게임으
로서의 사디즘과 마조히즘은 짜릿한 사랑의 유희에 있어 어
찌 보면 필수적인 요소라고 할 수 있다.
　성기의 구조상 남성은 항상 공격적이기 때문에 주로 사디
스틱한 쾌감을 즐기고, 여성은 항상 받아들이는 입장에 있
기 때문에 주로 마조히스틱한 쾌감을 즐긴다. 그러니까 사
디스틱한 쾌감은 남성이 삽입성교나 오럴 섹스를 할 때 느
끼게 되는 '시원한 배설의 쾌감'에 가깝고, 마조히스틱한 쾌
감은 여성이 남성의 페니스를 입이나 보지로 받아들일 때
느끼게 되는 '포용을 통한 충족감'에 가깝다.

성기의 구조 때문이 아니라 오래도록 계속된 남성우월주의적 사회풍토가 남성의 공격성과 여성의 수동성을 강요했다고 보는 이론도 있다. 요즘은 사실 여성해방운동의 여파로 남권(男權)이 눈에 띄게 사그라들었다. 그래서 이제는 남성해방운동을 해야 한다는 주장도 나오고 있고, 남자 마조히스트가 점점 더 늘어가고 있다. 그리고 마조히즘이란 말을 낳게 한 장본인인 마조흐는 여자가 아니라 남자였다. 그런 측면에서 볼 때 성기의 구조보다는 사회 분위기가 남녀의 성적 취향을 결정짓는다고 볼 수도 있다.

어쨌든 남자와 여자가 성적으로 무조건 '평등'할 수 없는 것만은 분명하다. 남녀의 역할이나 특성이 어떤 형태로든 다를 수밖에 없듯이, 성적 쾌감을 느끼는 심리적 메커니즘 역시 남녀가 다를 수밖에 없다.

문제는 사도마조히즘이 과연 위험한 성도착인가 하는 점이다. 에리히 프롬은 『사랑의 기술』에서 사디즘이나 마조히즘을 병적이고 변태적인 심리로 보아 가장 불건전한 사랑의 형태라고 매도하고 있다. 하지만 나로서는 사디즘과 마조히즘이 없는 성적 교합(交合)이 과연 가능할까 하는 의문이 생긴다.

빌헬름 라이히나 허버트 마르쿠제 같은 급진적 성혁명주

의자들 사이에서는, 사도마조히즘이 성적 자유의 표현으로 간주되어 찬미되는 경향이 있다. 그리고 사드의 작품은 프랑스 혁명기에 급진 세력들의 사랑을 받았는데, 인간이 누구나 가지고 있는 원시적 에너지로서의 사디즘을 '자유'의 쟁취를 위한 기폭제로 제시했다는 이유에서였다.

그러므로 사디즘과 마조히즘은 그것이 사회적으로 큰 부작용을 일으키는 범죄적 형태로 나타나지 않는 한, 모든 인간이 갖고 있는 보편적인 심성으로 간주되어야 한다. 특히 모든 종교가 신앙심의 바탕을 정신적 마조히즘에 두고 있다는 점에서, 그리고 인간의 모든 성취욕이나 진취적 기상이 사디즘과 관련된다는 점에서, 사도마조히즘을 흉악한 변태 심리로만 볼 수는 없다. 그것은 음(陰)과 양(陽)처럼 서로 상보적(相補的) 관계를 이루는 가장 기본적인 실존의 형식이라고 할 수 있다.

사디즘과 마조히즘은 서로 불가분의 관계에 있다. 사디스트는 마조히스트와 성행위를 함으로써 만족을 얻을 수 있고, 마조히스트는 사디스트에 의해서만 성적 만족을 얻을 수 있기 때문이다. 마조히즘의 창시자라고 할 수 있는 마조흐는 매일같이 자기 아내에게 채찍질을 해달라고 졸랐다고 한다. 이것은 남자가 마조히스트 역할을 한 경우지만, 실제로 우리는 최상급의 미녀가 얼굴도 흉악하게 생기고 성격도 우락부락하고 거친 남자를 떠받들며 희희낙락 잘 살아가는 것을 보게 되는 수가 많다.

전설을 토대로 한 『미녀와 야수』라는 프랑스 영화나 미국의 만화영화에서도, 빼어난 미녀가 야수에게 납치되어 처음엔 야수를 무섭고 끔찍하게 여기다가 결국에 가서는 야수를 사랑하게 되는 과정을 보여주고 있다.

그런 의미에서 볼 때 '미녀와 야수' 스토리는 여성의 마조히즘 심리를 잘 나타내주는 대표적인 모티프다. 실제로 예쁜 여자들 가운데는 어떤 남자와 교제할 때 그 남자가 신사적 친절과 '레이디 퍼스트' 정신을 너무 발휘하는 바람에 그만 정이 떨어져버리고 말았다고 고백하는 이들이 많다.

그런 경우 남자가 무슨 이유로든 갑자기 화가 나서 여자에게 실컷 야단이라도 쳐주게 되면, 여자는 당장엔 화를 내지만 나중에 가서는 저자세로 "그땐 제가 정말 야단맞을 짓을 했어요"라고 말하며 굴복하게 되는 수가 많다. 남자에게서 사디스틱한 '박력'을 맛볼 수 있었기 때문일 것이다.

예쁘다고 칭찬받는 여자들 중엔 콧대가 세고 눈이 높아 세상 남자를 다 우습게 여기다가 연애도 변변히 못해 보고 원치 않는 독신주의가 돼버리는 경우가 많다. 겉보기엔 그 여자가 걸맞은 조건의 남자를 찾아내지 못해서 그렇게 된 것 같지만, 진짜 이유는 그 여자의 마조히즘을 충분히 만족시켜 줄 만한 '진짜 사디스트'가 나타나지 않았다는 데 있다.

평범한 남자들은 미녀 앞에서 공연히 주눅 들어하고, "어떻게 하면 그녀에게 나의 충성심을 보여줄 수 있을까" 하는 식의 순정만 갖고서 프러포즈하는 게 보통이다. 그런 식의 비굴하고 마조히스틱한 자세가 여자의 마조히즘 욕구를 충족시켜 줄 리 없다. 미녀일수록 교양과 지성을 갖춘 점잖은 신사보다 무조건 저돌적인 '터프가이'를 좋아할 확률이 높기 때문이다.

그렇다면 이런 심리가 어떻게 가능할 수 있을까? 마조히즘은 일체의 자기주장이나 능동적인 결정권을 포기할 때 얻어지는 포근한 안식감(安息感)과 관계가 깊기 때문이다. 타자에게 완전히 자기 몸을 맡겨, 그에게 철저히 복종하는 데서 얻어지는 쾌감은 그리 나쁜 것만은 아니다. 인간은 누구나 무언가에 소속돼야만 안심하는 본성을 지니고 있다. 스스로의 힘으로 거친 세파를 헤쳐가기 힘들기 때문에, 누군가 자기를 이끌어주기를 바라는 것이다.

사디스트가 능동적인 자아 확장을 통해 행복해지려고 한다면, 마조히스트는 수동적인 자아 포기를 통해 행복해지려고 한다. 그런데 능동적 자아 확장에 대한 노력은 자칫하면 힘겨운 부담감과 피로감만 초래하기 쉽다. 반면에 수동적 자아 포기는 무거운 책임감을 동반하지 않기 때문에 오히려 편안한 행복감에 빠져들 수가 있다. 수동적 자아 포기가 좋은 것이라면 반발할 사람이 많겠으나, 기독교의 경우를 생각해 보면 납득이 갈 수도 있을 것이다.

기독교에서 '순명(順命)'을 강조하며 신에 대한 철저한 복종만이 구원에 이르는 길이라고 가르치는 것은, 마조히즘이야말로 인간이 얻을 수 있는 최고의 행복감이요 안락감이라는 것을 믿고 있기 때문이다. 요컨대 "주는 것도 하느님이요, 뺏는 것도 하느님이다"라는 사실을 체념적으로 인정할 때 인간은 오히려 마음의 평화를 얻을 수 있다는 게 기독교의 교리라고 할 수 있다. 그래서 기독교의 고행주의자들은 채찍질을 통해서 그들의 신앙을 가다듬기도 하고, 신부나 수녀들은 기도할 때 납작 엎드림으로써 신에 대한 복종심을 나타내기도 하는 것이다.

마조히즘은 또 '자궁회귀본능(子宮回歸本能)'과도 밀접한 연관성이 있다. 우리는 어려운 현실적 문제에 부딪힐 때마다 곧잘 과거로 돌아가고 싶은 무의식적 충동을 느낀다. 노래 가사에도 "어린 시절의 고향으로 돌아가자"는 내용의 말이 빈번히 나오는데, 어린 시절의 고향 가운데서 가장 오래된 곳, 그리고 무념무상의 안식이 보장됐던 곳은 바로 어머니의 자궁이었다.

자궁 속에서 우리는 아무런 노력이 필요없었다. 포근한 양수(羊水)에 둘러싸여 그저 수동적으로 영양을 공급받으면 그만이었다. 현실의 실제 상황을 인식할 필요조차 없었고, 미래를 걱정하며 삶의 의지를 가다듬을 필요도 없었다.

그러므로 자궁으로 돌아가고 싶어 하는 심리는 '모든 결정권을 포기한 상태에서 얻는 편안함'을 바라는 마조히스트들의 심리와 상통하는 것이다. 우리는 누구나 자궁회귀본능을 가지고 있기 때문에, 여자든 남자든 모두 다 어느 정도는 마조히스트적 성격을 지니고 있다고 볼 수 있다.

여성해방을 피상적인 시각에서만 바라보는 페미니스트들은 극력 반대할지 모르겠으나, 아직까지 대다수의 여성들은 권위적인 카리스마를 가진 남성에게 복종하고 싶어 하는 심성을 지니고 있다. 강력한 힘을 가진 남성에게 소속될 때 여성은 행복감을 느낀다. 남자의 눈치를 보며 숨죽여 살더라도, 의무감과 책임감에 짓눌려 세상을 살아가야 하는 부담감에서 벗어날 수 있어 행복한 것이다. 카리스마를 가진 진짜 사디스트는 '지배'만 하려고 드는 게 아니라 '보호'도 해주기 때문이다.

악전고투하며 역사에 이름을 남긴 인물들은 남자든 여자든 대개가 다 사디스트였다. 사디즘의 심리 없이는 세상과 싸워나가겠다는 의지가 있을 수 없고, 어떤 의미로든 성공이 불가능하기 때문이다. 그러므로 여자가 성공 지향의 사디스트일 경우엔 마조히스트 남성을 배우자로 만나야 행복하다. 그럴 때 마조히스트 남편은 평생토록 아내의 '외조자'로 지내면서 나름대로의 행복을 맛볼 수 있다.

사실 요즘 들어서는 성애 취향에 있어서도 남녀의 역할이 바뀌는 경우가 점차 늘어나고 있다. 여성의 지위가 높아지고 사회참여의 기회가 확대되면서, 성공욕구와는 상관없이 남자 마조히스트와 여자 사디스트가 늘어가고 있는 것이다. 생식적 성교가 전신적(全身的) 성희로 바뀌어가고 있는 것도 한 원인이 된다. 하지만 이럴 경우에도 사디즘과 마조히즘의 결합은 중요하다. 여성이 사디스트라면 반드시 마조히스트 남성을 파트너로 맞아야 행복한 성애를 즐길 수 있다. 실제로 작가 마조흐 부부는 남편이 마조히스트인데 아내도 마조히스트였기 때문에 결국 이혼할 수밖에 없었다.

또한 사도마조히즘은 남녀간의 상투적인 성적 교섭을 '즐거운 놀이'로 만들어줄 수 있다는 점에서 아주 중요한 요소로 기여한다.

최근 서구에서 은밀히 유행하기 시작한 'S·M 클럽'은 사도마조히즘을 성적 유희의 방법으로 적극 활용한다는 점에서 자못 흥미롭다. 'S·M'이란 사도마조히즘의 약자인데, 재미있는 것은 'S·M 클럽'의 단골 고객들이 주로 상류층의 '건전한' 남성들이고, 그들 대부분이 사디스트 역(役)보다 마조히스트 역을 원한다는 사실이다. 그들은 훈련된 사디스트 여성들에 의해 유희적으로 묶이기도 하고 채찍질을 당하기도 한다.

'유희적'으로 피학(被虐)의 쾌감을 즐긴다는 사실이 중요하다. 진짜로 심하게 때린다거나 고문할 경우에는 성적 쾌감이 아니라 진짜 고통만 느껴질 뿐이기 때문이다.

'S·M 클럽'뿐만 아니라 'S·M 부부'로 계약동거를 하는 일도 은밀히 유행하고 있는데, 이럴 경우 일정기간을 정해 사디스트 역할과 마조히스트 역할을 교대해 가며 즐기는 커플도 있다. 'S · M 클럽'에서의 성희든 'S · M 부부' 간의 성희든, 생식적인 삽입성교는 절대 안 하는 것이 불문율로 되어 있다.

미래학자들 가운데는, 지금껏 정상적인 성행위로 인정받아 왔던 삽입성교가 언젠가는 소수의 사람들만이 하는 '변칙적인 성행위'가 될 가능성이 높다고 예측하는 이들이 많다. 어린아이의 성행동이 삽입성교가 아닌 변칙적 성행동(구강성애, 페티시즘, 항문성애 등)으로 이루어져 있는 것처럼, 앞으로의 인류는 언젠가 '어린아이의 성본능'과 '놀이본능'으로 되돌아갈 가능성이 높다.

어린아이에겐 도덕이나 금욕주의의 개념이 있을 수 없고, 오로지 실용적 쾌락욕구만이 그들의 정신과 육체를 지배하고 있다. 그들에겐 노동과 섹스와 놀이 세 가지가 혼연일체로 녹아들어 있는 것이다. 어른들이 아이들의 섹스로 되돌아갈 경우, 사도마조히즘은 '놀이적 섹스'의 가장 보편적인 형태가 될 것이 틀림없다.

사족(蛇足)으로 한마디 덧붙일 말은, 내가 사회적 남녀평등의 중요성을 부정하진 않는다는 것이다. 지금까지 내가 말한 마조히즘이나 사디즘은 인간의 심리를 분석하거나

'관능적 사랑'을 즐길 때만 적용되는 개념이지, 사회제도 자체를 사도마조히즘 식으로 뜯어고치자는 것은 아니다. 적어도 '낮 생활'이 아닌 '밤 생활'에 있어서만은 여자는 마조히스트 남자는 사디스트, 또는 그 반대가 되는 게 좋다는 얘기다. 이런 역할 분담에 기초한 '놀이적 섹스'가 체질화될 수 있을 때, 남자든 여자든 행복한 성생활을 유지할 수 있다.

제7장
낮과 밤의 분리

　어느 여자대학의 남자 교수가 강의시간에, "여자는 낮에는 숙녀가 돼야 하고 밤에는 요부가 돼야 한다"라고 말했다가 큰 봉변을 당했다는 얘기를 들었다. 그 다음 날로 학교 게시판에 대자보가 붙었는데, 그 교수를 남성우월주의자라고 공박하는 내용이었다고 한다. 그래서 그 교수는 그 다음부터 강의시간에 아주 말조심을 하게 됐다는 것이다.
　이 이야기를 듣고 나서, 나는 아직도 우리나라 여성들이 '낮과 밤의 분리'에 익숙해 있지 않다는 생각이 들었다. 아니, 여성들만이 아니라 남성들 역시 낮과 밤의 행동이 같아야 한다고 생각하는 사람들이 많은 것 같다.

ma

낮 생활과 밤 생활을 다르게 한다는 것은 일종의 이중생활을 하는 것을 의미한다. 그런데 내가 보기엔 사람들이 겪는 애정생활의 거의 모든 문제점들이 이 '이중생활'을 자연스럽게 받아들이지 못하는 데 기인하는 것 같다.

영국의 엘리자베스 여왕이 낮에 여왕 노릇을 한다고 해서 밤에도 여왕이어야 할 필요는 없다. 아니 절대로 여왕이어서는 안 된다. 또 같은 이치로 낮에 대학교수를 하는 여성이 밤에도 대학교수 같은 행동을 해서는 안 된다. 이것은 남자역시 마찬가지일 것이다.

낮 생활이란 일종의 공적(公的) 생활이거나 도덕적 생활이요, 밤 생활은 사적(私的) 생활이고 본능적 생활이다. 우리가 잠을 자지 않고서는 살 수 없듯이, 밤 생활 없이는 정상적인 신체 리듬을 유지하기 어렵다. 그러므로 밤은 놀이의 시간이요, 관능의 시간이요, 상상적 일탈(逸脫)의 시간이 되어야 한다.

부부간에 생기는 대부분의 성적 갈등은, 부부 중 한쪽은 낮과 밤을 분리해서 생활하고 싶어 하는데, 다른 한쪽은 그렇지 못할 때 생긴다. 프랑스 작가 조세프 케셀이 쓴 『낮의 미녀』라는 소설은 그것을 잘 보여주고 있다. 카트린 드뇌브

주연으로 영화화됐을 때는 여주인공의 이름을 따 『세브린느』라는 제목으로 나왔다.

세브린느는 선천적으로 관능적 열정을 특별히 강하게 타고난 여성인데, 저명한 외과의사인 남편은 그렇지가 못하다. 그는 낮에도 신사요 밤에도 신사인 것이다. 그래서 세브린느는 답답하고 권태로운 성생활을 관능적 상상력을 통해 해소시켜 보려고 애쓴다.

남편이 무식하고 거친 하인을 시켜 자기를 강간하게 한다거나, 또는 변태적 사디스트 취향의 카리스마를 가진 성주가 되어 자기를 납치해다 온갖 능욕을 가하는 상상 등, 그녀는 상상적 일탈행위를 통해 관능적 허기를 메워보려고 한다. 하지만 그것만으로는 안 되어 그녀는 결국 남편이 출근하고 없는 낮 시간을 이용하여 창녀 노릇을 하게 되기에 이른다.

세브린느가 좋아하는 손님은 점잖은 신사가 아니라 주로 거친 노동자나 거리의 불량배들인데, 그녀는 남편에 대해 죄의식을 느끼면서도 그런 이중생활 때문에 오히려 정서적으로 안정된 상태가 되고, 남편에게도 더욱 잘해 주게 된다. 하지만 그녀의 남편은 세브린느를 사랑하는 어떤 불량배의 칼에 맞아 결국 장님이 되고 만다. 작가가 이 소설을 비극적 결말로 끝낸 것은, 독자들의 보수적 윤리관을 의식해 권선징악적 요소를 적당히 가미할 수밖에 없었기 때문일 것이다.

세브린느는 낮에는 창녀, 밤에는 숙녀가 되었지만 정상적인 경우라면 '낮에는 숙녀, 밤에는 탕녀'가 되어야 한다. 남자의 경우라면 '낮에는 신사, 밤에는 야수'라는 표현이 가장 적합할 것이다.

아이를 많이 낳아야 했던 대가족제도 시절에는 부부간의 성생활이 자유롭지 못했으나, 요즘 같은 핵가족 시대에는 부부간의 성생활이 비교적 비밀을 보장받을 수 있다. 그러므로 '낮과 밤의 분리'가 실제로도 충분히 가능할 수 있다.

한국 남성들은 대체로 정숙한 여자를 좋아하는 것 같다. 그래서 여성의 혼전 순결을 따지고 결혼 후에도 의처증에 시달리는 사람이 많다. 그들에게는 아내가 단지 '소유의 대상'일 뿐 '성적 유희의 파트너'는 되지 못하는 것이다. 그래서 최근 들어 중년 남성들의 고민이 점점 더 늘어나고 있는 것 같다.

중년기가 되면 남자의 직업도 안정이 되고 여자는 여자대로 아이를 돌볼 일이 적어져 자유시간을 많이 갖게 된다. 그러다 보면 여자는 성적 공상을 할 시간이 많아져 자신의 몸을 야하게 가꾸게도 된다. 또 남성은 중년 이후에 정력이 쇠잔해지는 데 반해 여성의 성욕은 중년 나이에 더 활활 불타오르게 마련이므로, 남편들을 고민에 빠져들게 만든다.

3년 동안 혼자서 해외근무를 하고 돌아온 남자의 신세 타령 기사를 어느 잡지에서 읽은 적이 있다. 오래간만에 해후한 부부는 우선 그동안 굶주렸던 성적 욕망을 마음껏 풀 수 있었다. 그런데 그날 이후에도 아내가 계속 적극적인 태도로 나오자 남편은 왠지 두려움을 느끼게 되었다.

우선 아내의 화장이나 의상이 3년 전보다 한결 야해지고 화려해진 것이 그 남자에게는 거북살스럽게 느껴졌다. 그가 갖고 있던 아내의 이미지는 단지 '얌전한 살림꾼'이었지 '야한 요부'는 아니기 때문이었다. 그래서 그는 아내가 여러 가지 다양한 애무 방법을 사용하는 것을 보고 지난 3년간의 아내의 생활을 의심하게 되었다. 그 결과 그는 의처증 비슷한 증세에 빠져들게 되었고, 부부간의 성생활도 자연히 시들해지게 되었다. 아내가 섹스를 요구해 올 때마다 왠지 주눅이 들고 겁이 나는 것이다.

중년 남성들이 겪는 이러한 '성교 공포증'은 대부분 정력 부족이나 피곤함 때문이 아니라 성 자체 또는 여성에 대한 구태의연한 사고방식 때문에 생겨난다. 즉, 술집 여자나 직업적인 매춘부들과는 달리 아내만은 뭔가 정숙해야 하고 성에 대해서도 너무 적극적이어서는 안 된다는 강박관념이 그들을 지배하고 있는 것이다.

대체로 우리나라 남성들은 여성과 성행위를 할 때, 상호간의 '즐거운 놀이'로가 아니라 남성 위주의 '정복욕' 내지는 '배설욕'으로 시종하는 것 같다. 그러다 보니 자기 아내는 수수한 숙맥이어야 하고, 애무의 테크닉도 없어야 하며, 적극적인 자세로 성행위를 해서도 안 된다고 생각한다.

그들은 야하게 꾸민 여자는 아무래도 성에 헤픈 여자이며 부정한 여자라는 선입관을 가지고 있다. 그러다 보니 부부간의 성생활은 의례적인 행사로 끝나기 쉽고, 성적 만족의 미진함에서 오는 권태감은 많은 남성들을 유흥업소로 이끌어 들이는 것이다.

부부가 함께 있는 저녁 시간이 유흥업소의 흐드러진 저녁 시간과 같을 수는 없는 것일까. 저녁마다 아내는 아내대로 야하디야하게 꾸미려고 노력해 보고, 남편은 남편대로 체면 같은 것은 내던져버리고 야수로 돌변할 수는 없는 것일까.

그러려면 우선 두 사람의 성의식 개혁도 중요하지만, 부부의 침실을 절대적인 금단구역으로 만들어 실내의 분위기를 관능적으로 꾸밀 필요가 있다. 아무리 귀한 손님이 오더라도 부부의 침실은 절대로 공개되지 말아야 하며, 손님과의 만남이나 가족 구성원 전체의 만남은 응접실에서만 이루어져야 한다.

부부의 침실에 에로틱한 내용의 그림도 걸고 또 침실에서 입는 옷도 선정적인 것으로 바꾸고 하여 침실을 마치 비밀스러운 룸살롱처럼 꾸밀 수만 있다면, 부부 각자에게 찾아오는 권태감과 우울감, 그리고 성적 무기력증은 어느 정도 방지될 수 있을 것이다.

특히 명심해야 할 것은 부부간의 성생활을 '성교 중심'에서 '성적 유희' 중심으로 옮겨놓는 일이다. 많은 기혼 남성들이 성행위 공포증에 빠지는 것은 '성생활은 곧 삽입성교'라는 고정관념을 떨쳐버리지 못하는 데 원인이 있다. 여자도 마찬가지로 성교만이 정상적 교섭이고 기타의 다른 행위는 다만 전희(前戱)에 불과하다는 생각에서 벗어날 필요가 있다. 두 사람이 맥주라도 한잔 마시면서 에로틱한 이야기도 나누고, 또 각자의 성감에 대한 토론도 하면서 성을 자연스러운 유희로 즐길 수만 있다면, 헤비 페팅만 가지고서도 충분히 즐거운 밤을 보낼 수 있다.

이럴 경우 침대는 더블 베드보다는 트윈 베드가 좋을 수도 있다. 서로가 약간 거리감을 느낄 때 오히려 애틋한 정열이 솟아나오기 때문이다. 경제적 여유가 있다면 부부가 침실을 따로 쓰는 것도 좋다. 부부가 의무적으로 같이 자는 것보다는 한쪽이 한쪽을 찾아가는 식으로 어느 정도 거리를 유지하는 것이, 부부간에 연애 감정을 되살리는 데 도움을 주기 때문이다.

사람은 누구나 양면성을 가지고 있다. 음양의 조화에 의해 세상 만물이 움직여나가듯, 인간의 내면도 여러 가지 상충되는 요소들이 공존하여 정서를 안정시켜 나간다. 그중에서도 가장 대표적인 것이 바로 선(善)과 악(惡)이다.

선과 악의 개념은 다분히 상대적인 개념이어서 어떤 것이 절대적인 선이고 어떤 것이 절대적인 악인지 엄격히 구분할 수는 없다. 그러나 어떤 형태로든 '악'이 존재한다면 '악' 또한 우리에게 필요한 것이고 삶의 윤활유가 되어주는 것이다. 말하자면 '필요악'의 개념이 여기에 해당된다고 볼 수 있다.

물론 이럴 경우의 '악'은 '상상적 행위'로서의 '악'이 좋다. 이를테면 완전범죄를 그린 추리소설을 읽을 때 우리가 맛보게 되는 감흥은, '상상적 악행(惡行)'의 즐거움이 확실히 존재한다는 것을 입증해 주는 좋은 예다.

유명한 공상과학소설 가운데 루이스 스티븐슨이 쓴 『지킬 박사와 하이드 씨』라는 소설이 있다. 낮에는 점잖은 신사인 지킬 박사가 밤에는 폭력을 일삼는 괴물 하이드로 변신한다는 내용이다. 이 소설은 사실 공상소설이라기보다는 심리소설에 가깝다. 인간의 외면과 내면, 낮의 생활과 밤의 생활, 도덕적 양심과 본능적 욕구가 다를 수밖에 없다는 것을 이 소설은 상징적으로 보여주고 있다.

사랑은 어떤 형태로든지 약간의 '악행' 또는 '일탈'의 요소를 지닌다. 그래서 명작소설 가운데 잊히지 않는 연애소설들은 거의 다 '도덕을 비웃는 사랑'이나 '불륜의 사랑' 같은 것을 다루고 있는 것이다.

실생활에서 남편과 자식을 가진 유부녀가 가정을 팽개치고 정부(情夫)를 좇아 가출해 버렸다면, 그 여자는 매서운 비난의 대상이 될 수밖에 없다. 그러나 소설 속에 그런 여자가 등장하면 '용기 있는 여자'가 되어 찬탄과 동경의 대상이 된다.

로렌스의 『채털리 부인의 사랑』이 좋은 예인데, 자식이 없고 남편이 성불구자라고는 하지만 어쨌든 유부녀가 가정을 버린 것은 사실이다. 부모가 반대하는 결혼을 애써 감행한 에릭 시걸의 소설 『러브 스토리』의 남주인공 역시 부모편에서 보면 '불효자'일 것이다. 프랑수아즈 사강의 소설 『어떤 미소』에 나오는 여주인공은 애인의 삼촌인 중년 유부남에 반해 사랑에 빠져드는데, 역시 현실 윤리로 보면 '애인을 배반한 여자'요 '남의 가정을 파괴시킨 범죄자'일 수 있다.

그러나 어쩌랴. 우리가 내심으로 바라는 사랑은 일탈적인 사랑이요 상궤(常軌)를 벗어난 사랑인 것을. 그러니 우리가 실제 생활에서는 차마 실행하지 못하는 그런 사랑을 소설이나 영화를 통해서라도 간접적으로 경험하고 싶어 하는 것은 당연한 일이다.

그래서 영화 제목 가운데는 『훔친 사과가 맛이 있다』라는 것도 있고, 옛부터 전해오는 우스갯소리로 '일도(一盜), 이비(二婢), 삼첩(三妾), 사처(四妻)'라는 말도 있다. 가장 재미있는 섹스는 남의 마누라를 도둑질해서 하는 섹스이고, 가장 재미없는 섹스는 마누라와 하는 섹스라는 것이다. 이것은 여자 역시 마찬가지일 것이다.

이럴 때 우리가 부부간의 사랑과 믿음을 유지하면서 부부

각자에게 찾아오는 권태로운 의무감을 피할 수 있는 유일한 방법은, 각자가 '일인이역(一人二役)'을 해내는 방법밖에 없다고 생각된다. 낮에는 점잖은 지킬 박사가 되고 밤에는 야수 같은 하이드 씨가 된다든지, 낮에는 청순하고 우아한 여인이 되고 밤에는 마농레스코나 카르멘 같은 정열적인 여인으로 변신하는 것이 그것이다.

도스토예프스키의 소설 『죄와 벌』에 나오는 '소냐'가 독자들에게 사랑받는 여인이 된 까닭은, 그녀가 낮에는 독실한 기독교인으로, 밤에는 창녀로 살아가는 이중생활을 하기 때문이다. 물론 가족을 먹여 살리기 위해 할 수 없이 창녀 노릇을 하는 것으로 되어 있지만, 어쨌든 한 개인이 그토록 상충되는 두 가지 역할을 태연하게 해낼 수 있다는 데 대한 부러움이 소설적 '감동'으로 이어진 것이라고 볼 수 있다.

고대 원시인들의 제의(祭儀)나 고대 연극에서는 '가면(mask)'이 필수적인 요소로 등장한다. 우리나라의 전통연희인 탈춤에서도 가면이 사용되고 있다. 이 '가면'이야말로 혼자서 일인이역의 역할을 해내고 싶어 했던 고대인들의 순수한 욕구의 발로라 하지 않을 수 없다. 가면은 말하자면

'은폐'와 '노출'의 이중적 기능을 갖고 있기 때문이다.

'은폐'란 자기의 신분이나 정체 따위를 감추어 은폐시킨다는 말이고, '노출'이란 그런 은폐행위로 인해 스스로의 동물적 본능을 아무런 거리낌없이 노출시킬 수 있다는 말이다.

변장의 쾌감은 언제나 우리를 즐겁게 한다. 그래서 예부터 서양에서는 가면 무도회가 하나의 관례처럼 되어왔다. 17, 18세기 유럽 상류사회에서는 기혼 남녀의 자유로운 혼외정사가 지극히 당연한 것으로 받아들여졌는데, 가면을 쓰고 외간 남자나 외간 여자와 사랑을 나누면 훨씬 죄책감을 덜 수 있었으므로 가면 무도회가 성행하였다.

우리나라는 아직도 '낮과 밤의 분리'에 대해 무척이나 인색한 것 같다. 엄연히 허가를 내고 영업을 하고 있는 카바레나 댄스 클럽 같은 곳에 갑자기 TV 카메라가 쳐들어가, 아무 손님이나 붙잡고 "아주머니, 지금 몇 시인데 여기서 놀고 있습니까?" "보아하니 학생 같은데 공부는 안 하고 이렇게 춤만 춰도 되나요?" 하는 식의 질문을 퍼부어댐으로써, 남의 프라이버시와 '놀 권리'를 마구 침범하는 사례가 흔하니 말이다.

잡지들은 온통 연예인이나 유명인사들의 사생활 추적 이

야기나 스캔들 기사투성이다. 그러다 보니 아무 죄도 없이 망신을 당하는 수도 많고 '퇴폐주의자'로 낙인찍혀 버리는 일도 흔하다. 아직은 건전한 개인주의에 바탕한 자유주의적 사고방식이 보급되지 못한 탓도 있고, 구시대의 수구적 봉건윤리가 여전히 문화독재적 위력을 발휘하고 있기 때문이기도 하다.

지금은 식욕 중심의 시대가 아니라 놀이 중심의 시대요, 가장 재미있는 놀이는 역시 '사랑'이다. 그러므로 우리는 이제부터라도 낮과 밤, 일과 놀이, 윤리와 본능 등을 분리시켜 생각할 수 있는 여유와 아량을 키워나가야만 한다.

낮에는 숙녀에서 밤에는 요부로, 낮에는 건실한 모범시민이었다가 밤에는 탕남탕녀(蕩男蕩女)로 변신하는 것은 절대로 죄가 되는 일도 아니고, 겉과 속이 다른 이중인격자가 되는 것도 아니다.

이제부터라도 모든 부부, 또는 모든 사랑하는 남녀들은 서로 협력하여 밤의 생활을 '야하디야하게' 가꾸어나갈 필요가 있다. 남에게 피해를 주지 않는 한, 일절 남의 눈치를 보지 않고 즐겁고 유쾌한 '관능의 밤'을 만들어나간다는 것은 지극히 당연한 우리의 권리인 것이다.

제8장
사랑에 눈머는 이유

흔히들 '사랑에 눈이 멀었다'느니 '눈먼 사랑'이니 하는 말들을 많이 한다. 사랑이라는 오묘한 심리적 메커니즘이 갖고 있는 불가해(不可解)한 현상을 가리키는 표현일 것이다.

'사랑에 눈이 멀어' 너무도 쉽사리 연애라는 모험에 뛰어들기도 하고, '사랑에 눈이 멀어' 빚어진 실연(失戀) 때문에 치정극이나 자살 소동이 벌어지기도 한다.

우리나라 속담에도 "결혼할 때는 눈에 천개(天蓋)가 씐다"는 말이 있다. 이 속담 역시 사랑은 맹목(盲目)이요, 냉철한 사리판단이나 분별력이 전혀 개입될 수 없는 불장난이

나 투기(投機) 같은 것이라는 의미를 내포하고 있다.

집안 식구들이나 주위의 친구들이 아무리 뜯어말려도, 자기 고집대로 결혼이라는 모험을 감행하는 사람들은 대개 사랑에 눈먼 사람들이다. 요행히 그 커플의 장래가 행복으로 이어진다면 그보다 더 바랄 나위가 없다. 하지만 그렇게 되지 못할 경우, 처절할 정도로 손상된 자존심과 체면, 그리고 끝없는 후회 때문에 그 사람의 일생은 불행의 나락으로 떨어지기 쉽다. 그래서 이번에는 왜 사람들이 쉽사리 사랑에 눈이 멀어 불행을 자초하는가를, 심리학 이론의 도움을 빌려 설명해 보기로 하겠다.

인생에 있어 사랑만큼 중요한 것은 없다. 사랑할 대상이 없을 때는 집에서 기르는 개나 화초에라도 지극한 정성을 쏟아붓는 것이 인간이다. 그러나 이렇듯 인생 전체를 지배하는 사랑에 대해 사람들은 그다지 심각하게 연구하려 들지 않는 것 같다.

사람들은 흔히 걷잡을 수 없는 맹목적인 열정으로 사랑에 빠져든다. 그러다가 실패의 쓴잔을 마시게 되는 경우가 많은데, 그리고 나서도 대개는 "재수가 없었다"거나 "인연이 아니었다"는 식으로 얼렁뚱땅 넘어가버린다.

물론 그렇게 쉽게 무마될 수 있는 케이스라면 별 문제가 없을 것이다. 그러나 결혼을 전제로 했을 경우라면, 우리는 좀 더 신중하게 '사랑'이라는 미명하에 우리의 잠재의식 안에 은폐돼 있는 여러 가지 복합심리를 간파해 낼 수 있어야 한다. 사랑에 눈이 멀어 결혼을 결심하게 됐을 때, 우리는 그 결정이 '애증병존(愛憎竝存)의 심리'나 '보상심리적 욕구' 또는 '도피심리'에 의한 선택이 아닌가 꼼꼼하게 따져가며 생각해 봐야 하는 것이다.

인간은 태어나면서부터 성욕과 공격욕을 갖는다. 따라서 최초의 사랑의 대상은 최초의 공격 대상이 되고 거기서 애증병존의 감정이 발생하게 된다.

어머니의 사랑과 헌신은 아이에게 자신과 용기를 준다. 하지만 아이는 자기의 요구가 당장에 충족되지 않을 때, 어머니를 증오하며 심지어 어머니가 죽어버렸으면 하고 바라기까지 한다. 아이는 어머니에게 무한정한 사랑을 기대했던 만큼, 그 기대가 충족되지 못하면 극심한 분노와 배반감을 느끼게 되는 것이다. 이런 감정이 성장 후에까지 지속되게 될 때, 그 사람은 사랑의 대상과 증오의 대상을 혼동하게 되고, 이것이 그 사람의 결혼을 불행으로 몰아가게 된다.

물론 의식적으로 밉고 싫은 사람과 억지로 결혼하는 사람은 없다. 표면상으로 두 사람은 어디까지나 서로 깊이 사랑하는 사이이고, 그 사랑이 오래 지속되리라 믿어 의심치 않는다.

그러나 얼마 가지 않아 두 사람 사이의 갈등은 아주 사소한 일에서 터져나오기 시작한다. 이를테면 남편이 치약을 끝 부분부터 짜내지 않고 중간 부분부터 짜내는 것이 거슬린다든지, 빨랫감을 여기저기 던져놓는 것이 화가 난다든지 하는 이유로 여자가 이혼을 생각하게 되는 경우가 있다.

그러나 이런 불평은 사실 하나의 구실에 불과한 것이며, 그 뒤에는 어린 시절의 증오와 분노에서 비롯된 '적개심'이 숨어 있는 것이 보통이다.

한 사례를 들어보겠다. 권위적이고 매사에 비판적인 아버지 밑에서 일거일동을 감시당하며 자란 여성이 있었다. 아버지는 딸의 학교 공부, 의복 및 화장 등에 일일이 간섭하며 '사랑' 대신 '꾸지람'만 퍼부었다. 해를 거듭하면서 그녀는 아버지에 대해 분노와 원망의 감정을 품게 되었고, 그것은 남성 일반에 대한 적개심으로 발전했다.

무섭고 끔찍한 일은, 이 여성에게 있어 '사랑의 방향'과 '공격의 방향'이 풀릴 수 없을 만큼 서로 얽혀버렸다는 사실이었다. 그래서 그녀는 배우자를 선택할 때가 오자 그녀의 내부에 쌓인 적개심과 경멸감을 모두 쏟아버릴 수 있는 남성, 즉 그녀가 마음대로 비웃어줄 수 있는 형편없이 나약한 남성을 배우자로 골랐다.

남편의 연약한 성격과 거기서 초래된 심한 알코올 중독 증상은, 그녀가 남편에게 갖고 있는 적대적인 감정에 더욱 완벽한 구실을 만들어주었다. 과거에는 아버지의 폭력적인 억압과 비난을 '효도'라는 윤리적 강박관념 때문에 저항 없이 받아들일 수밖에 없었지만, 이제는 남편을 지배하고 조롱함으로써 복수할 수 있게 된 것이다. 그러니 그 여자와 그 남자의 결혼생활이 불행으로 이어졌을 건 뻔한 일이다.

이와 비슷한 예로, 어머니의 사랑을 받지 못하고 자란 한 남성의 케이스가 있다. 그 남성은 항상 어머니로부터 자존심에 상처를 입으며 자라났기 때문에, 결국 여자들을 경멸하는 태도를 갖게 되었다.

그래서 이 세상에는 예의 바르고 동정심 있는 여자들도 있을 수 있다는 사실을 도저히 인정할 수 없게 되었다. 그 남자는 자신의 그러한 태도를 합리화시키고 정당화시키기 위해 드디어 자기 어머니처럼 잔인하고 이기적인 여자를 아 냇감으로 선택했고, 나중에 가서는 결국 이혼할 수밖에 없었다.

이런 경우 말고도 애인의 배반으로 인해 실연한 경우, 헤어진 애인과 비슷한 이성을 골라 결혼하여 묵은 증오심을 불태우는 경우도 있다. 또 어린 시절 형제간에 가졌던 해묵은 질투와 적개심을 해소시키기 위해 배우자를 선택하는 경우도 있을 수 있다.

실패하는 결혼의 또 다른 케이스는, 보상심리적 욕구 때문에 자기에게 없는 것을 가진 상대방에게 '거짓 애정'을 느껴 결합하는 경우다. 즉 자기의 열등감을 메워줄 상대를 찾아, '사랑'이 아니라 '열등감의 보상'을 바라며 결혼하는 것이다.

자신의 낮은 학벌에 대해 콤플렉스를 갖고 있는 사람은 무조건 일류대 출신의 수재하고만 결혼하려 든다. 외모에 자신이 없어 고민이 많았던 사람은 배우자가 될 사람이 영화배우같이 생기기를 바란다. 어려운 환경에서 돈이 없어 고생했던 사람은 돈 걱정할 필요가 없는 집안의 이성과 결혼하고 싶어 한다.

이런 보상심리에 의한 결혼은 특히 중매결혼이 성행하는 한국 사회에서 흔히 볼 수 있는 일이다. 그렇게 자기가 갖고 있지 못한 것에 대한 선망에서 비롯된 결합은, 신혼의 단꿈이 가신 뒤에는 오히려 그것이 자기에게 없었던 것이라는 이유에서 더욱 큰 열등감과 적개심을 불러일으키기 쉽다.

원만한 결혼생활을 위해 가장 중요한 세 가지는, '식성의 일치', '부부간의 대화' 그리고 '즐거운 성생활'이다. 그런데 서로가 너무 다른 환경과 정반대의 입장에서 살아왔다면 식성이 일치하거나 대화가 통하기를 기대하기는 힘들 것이다. 그리고 외부 조건, 즉 학벌이나 직업, 재산 같은 것만 보고 사랑에 빠지거나 결혼하는 것이 특히 위험한 이유는, 성생활에 있어 '각자의 기호(嗜好)'가 무시된다는 점에 있다.

결혼은 '완벽한 조건을 구비하기 위한 두 사람의 합작'이 아니다. 관능적 욕구의 원활한 해소를 위해 자기에게 맞는 짝을 구해 함께 사는 것일 뿐이다. 성적(性的) 기호를 고려하지 않는 결혼이란 애당초 파국의 불씨를 안고 있는 셈이다.

자신은 오럴 섹스를 좋아하는 성적 기호를 갖고 있는데, 학벌 콤플렉스 때문에 학벌은 좋으나 오럴 섹스를 싫어하는 상대를 만난다면 성생활이 잘 이루어질 리 없다. 또 짧은 머리, 짧은 손톱이라야 직성이 풀리는 여자가, 여자의 긴 머리와 긴 손톱에 집요한 애착을 갖고 있는 남자와 오직 그 사람의 외부 조건만 보고 결혼하는 것도, 당초부터 행복과는 거리가 먼 일일 것이다.

이렇게 상대방의 외부 조건만 보고 맺어진 결혼은, 그 조건이 변경되거나 아예 없어지면(예컨대 부잣집 자식과 결혼했는데 그 집안이 파산했을 경우) 곧 위기에 접어든다. 처음엔 물론 성적 기호가 맞지 않아도 그런대로 참아나간다. 하지만 결혼할 때 자신의 열등감을 보상시켜 줬던 상대방의 조건, 예컨대 돈이나 지위 같은 것이 없어지게 되면, 그 사람의 잠재의식 속에서는 금세 "이게 뭐야, 내가 바란 것은 이런 게 아닌데" 식의 불만이 튀어나오게 된다.

"사람은 무슨 말을 하든지 두 가지 이유를 갖는다. 하나는 표면상의 이유이고 다른 하나는 마음속 깊숙이 자리 잡고 있는 진짜 이유다"라는 말이 있다. 사람들은 겉으로는 사소한 핑계를 갖다 붙여 결혼생활에 대해 회의를 표시하고, 진짜 이유를 밝히기를 꺼린다. 그러나 결국은 진짜 이유 때문에 헤어진다.

흔히 동원되는 표면상의 이유 가운데 이른바 '성격 차이'라는 것이 있다. 그러나 '성격 차이'보다는 '성적(性的) 차이'라는 게 더 옳다. 스스로의 선택이 어리석었음을 뒤늦게 깨달은 게 부끄럽기 때문에, 차마 그런 표현을 못하는 것뿐이다. 어쨌든 그런 상황에 도달하게 되면 결혼생활은 이미 끝장난 것이나 다름없다. 중매결혼이나 연애결혼 어느 쪽이라 할지라도, 성적(性的) 조건이 아닌 외부적 조건에 의해 이루어지는 결혼은 제비뽑기나 복권 추첨처럼 불확실한 모험일 수밖에 없다.

또한 '도피심리'에 의해 사랑에 빠져들거나 결혼까지 가게 되는 경우가 있을 수 있다. 사냥꾼에게 쫓기던 짐승이 코앞의 위험을 피하기 위해 다짜고짜 동굴 속으로 뛰어들듯이, 고독과 불안을 해소하기 위한 손쉬운 방편으로 스스로 '사랑에 눈이 머는 것'을 택하게 되는 것이다.

게다가 우리 사회는 아직도 '결혼 적령기'라는 환상의 틀에서 완전히 벗어나지 못하고 있다. 남자든 여자든 30대 중반의 나이가 되면 나이를 먹어간다는 사실을 자각하며 막연한 불안감과 초조감을 느낀다. 이대로 마흔 살을 넘기게 되는 것은 아닐까, 그러다가 형편없는 배우자와 얼렁뚱땅 결혼하게 되는 것은 아닐까, 하는 생각에 젊은 남녀는 신경과민이 된다. 그래서 그야말로 '눈이 먼 채로' 아무 이성에게나 매달리게 되기 쉽다.

어쨌든 우리 사회는 독신자들 간의 프리 섹스는 물론이고

'동거'나 '계약결혼' 같은 형태의 결합도 표면적으로는 인정하지 않고 있다. 그래서 특별한 용기가 없는 경우라면 결혼을 해야 하고, 또 이왕이면 성공적인 결혼이어야 한다. 그러나 결혼 적령기라는 강박관념에 짓눌려 있는 상태에서는 현명한 선택을 하기가 힘든 것이다.

가족과의 불화 때문에, 일단 집을 탈출하고 보자는 심리에서 충동적인 결혼을 감행하는 수도 있다. 특히 여성의 경우, 경제적 능력이 있으면 결혼하지 않아도 당당히 독립하여 혼자 살아갈 수 있겠지만, 아직은 여성의 취업이 완전히 보장되지 않고 있는 상황에서는 '결혼'이 '독립' 내지 '탈출'의 지름길이 돼버리기 쉽다. 그러나 그런 식의 '도피성 결혼'이 행복을 보장해 줄 리 없다.

또한 '생존의 무거운 짐'으로부터 도피하기 위해 결혼에 뛰어드는 경우도 있을 수 있다. 배우자와 함께 살면 "백지장도 맞드는 것이 낫다" 식으로 삶의 무게를 줄일 수 있다고 믿는 것이다. 그러나 결혼은 생존의 무거운 짐을 덜어주기는커녕 더욱 가중시킬 뿐이다. 그런 목적으로 결혼한 커플은 곧바로 서로를 무섭게 증오하게 되고, 결국은 생(生)을 저주하게 된다.

제대로 된 사랑을 하거나 정말로 행복한 결혼을 하려면, 우선 자기 자신의 심리상태를 파악하여 헛된 망상이나 콤플렉스에서 벗어나야 한다. 특히 '공격욕'의 컨트롤이 중요하다. '공격욕'은 인간의 근본적 본성이긴 하지만, 그것이 부적절한 시기에 부적절한 이유로 부적절한 사람을 향해 발휘돼서는 안 되는 것이다.

우리가 불행한 사랑으로 이끌려 들어가지 않으려면, 어릴 때 부모에게 서운한 일을 당했던 기억, 즉 부당하게 야단맞고 소외됐던 기억을 되살려내어 당시의 상황을 인간적으로 이해하도록 노력해야 한다. 그렇게만 할 수 있다면 뿌리 깊은 억울함에 따른 공격욕을 어느 정도 해소시킬 수 있다. 부모와의 유착관계를 정리하는 것은 사랑을 성공으로 이끄는 지름길이다.

사실 인간이란 고귀하지도, 순결하지도, 존엄하지도 않은 존재다. 부모라고 해서 완벽한 인격을 갖출 수도 없고, 완벽하게 자식을 만족시켜 줄 수도 없다. 그러므로 부모에게 너무 기대해서는 안 된다. 부모 역시 평범한 인간이기 때문이다. 그들도 자신의 감정을 '화풀이'하기 위해 타인에게 고통을 줄 수 있고, 그 대상이 엉뚱하게 자기 자식이 될 수도 있다.

우리가 세상에 태어난 것도 따지고 보면 부모의 일방적 성행위의 결과일 뿐이다. 말하자면 부모가 되고 싶어서 된 것도 아니요, 자식이 되고 싶어서 된 것도 아니다. 부모와 자식은 그저 '우연히' 맺어졌을 뿐이다. 그러니까 부모에게 고마움을 느낄 필요도 없고, 부모를 너무 미워할 필요도 없다.

우리가 인간의 정체를 판단하고자 할 때, 선악(善惡)과 시비(是非)를 기준으로 판단하는 것보다는 인간 내면에 숨어 있는 본능적 욕구를 기준 삼아 판단하는 것이 좀 더 현명한 방법이다. 인간의 본능적 욕구를 이해할 수 있으면 우리는 누구나 다 용서해 줄 수 있다. 내가 미워하는 사람의 악(惡)한 심성도, 이미 나 자신의 본능적 욕구 안에 포함돼 있는 것이라는 걸 알게 되기 때문이다.

너그럽고 넉넉한 마음으로 타인들을 바라보도록 노력하자. 모든 사람의 본성 속에 남아 있는 '어린아이의 속성', 즉 사랑과 동정과 이해를 받으려는 욕구를 이해하도록 애쓰고, 또한 나 자신이 갖고 있는 그런 속성도 될 수 있는 한 솔직히 드러내도록 애쓰자. 비틀리고 꼬인 사고방식에서 벗어나 단순하고 솔직한 사고방식을 체질화시킬 수 있을 때, 그때 비로소 진정한 사랑이 가능해진다.

사랑은 중요하다. 죽는 날까지 사랑하고 사랑하고 또 사랑하는 것이 인간의 모습이다. 하지만 인간이 죽는 날까지 하게 되는 사랑은 성애적 사랑이지 관념적 사랑은 아니다. 그러므로 이젠 관념적 사랑의 탈을 벗어버리고 관능적 사랑을 당당하게 나누면서 진정 솔직하게 살아가야 할 때가 아닌가 싶다. 그러려면 관념이나 도덕, 또는 윤리 등의 본질적 성격에 대해 깊이 생각해 보는 일이 필요하다.

관념이나 도덕, 또는 윤리는 오로지 "남들이 나를 어떻게 볼까" 하는 걱정 끝에 나온 '눈치작전'의 결과물일 뿐이다. 우리가 지상(至上)의 덕목(德目)이라고 믿어 의심치 않아 온 '효도'니 '충성'이니 '애국'이니 하는 것들 역시 다 그렇다. 진심으로 부모에게 효도하고 싶어 하는 자식이 과연 몇 명이나 될까? 또한 자기 자식을 진심으로 사랑하는, 아니 자기 자식의 성격이나 기타 모든 면에 대해 진심으로 만족해 하는 부모가 과연 몇 명이나 될까?

대개의 '자식 사랑'은 자기가 못 이룬 꿈에 대한 '보상심리적 기대'에서 나온다. 또한 대개의 효심(孝心)은 남들에게 효자라고 불리고 싶은 '눈치작전'에서 나온다. 부모와 자식은 옛말 그대로 '원수로 묶여' 나왔다. 부모와 자식 간, 그리고 형제자매 간의 뿌리 깊은 적개심은 언제나 애증병존의 싹을 키워내 우리의 인생을 좌절과 우울의 구렁텅이로 몰아넣는다.

『구약성서』「창세기」의 설화에 의하면 인류 최초의 살인은 형제간의 살인이었다. 아담의 아들 '카인'은 동생 '아벨'을 죽이고 말았다. 하느님 '아버지'가 아벨만을 편애한 결과였다. 또한 의인(義人)이라는 '노아'도 그의 아들 '함'을 저주했던 것이다.

왜 사랑에 눈이 머는가? 왜 사랑에 실패하는가? 근본적 원인은 역시 자기 자신의 완전한 '독립'이 이루어지지 않았기 때문이다. 부모 형제에 대한 사랑과 미움에 아직도 연연해하고 있기 때문이다. 우리는 한시바삐 부모와 형제들로부터 '독립'하여, "나는 오직 나다!"라고 대담하게 선언할 수 있도록 하자.

예수는 자기의 아버지 '요셉'을 아버지가 아니라고 부정했다. 그에게 있어 진정한 아버지는 '하늘에 계신 아버지'였다. 그래서 그는 '하느님의 아들'이 되었고 '요셉의 아들'의 굴레로부터 벗어났다. 그렇게 홀로 독립한 그였기에 그의 사랑은 당당했고, 그의 사랑은 기적을 낳을 수 있었다.

가족관계에서 생긴 애증병존 심리로부터의 탈출, 그리고 애인 또는 배우자에 대한 의존심과 보상심리를 버리는 것,

그래서 우리 각자가 당당한 '사랑의 주체'로 홀로 설 수 있
도록 노력하는 것, 이러한 노력이 마음속에서 끊임없이 계
속될 때, 우리는 결코 사랑에 눈멀지 않을 수 있다.

제9장
'권태'의 일곱 단계와 그 대책

    프랑스의 작가 스탕달은 그의 저서 『연애론』에서 연애는 반드시 다음 일곱 단계를 거친다고 말한 바 있다.

    첫째 단계에서는 상대방의 외모에 대한 경탄의 감정이 생긴다.

    둘째 단계에서는 "저 사람과 키스를 한다면 얼마나 즐거울까" 따위의 갈망의 감정이 생긴다.

    셋째 단계로 가면 상대방의 미점(美點)과 장점만을 골똘히 생각하게 되고, 사랑의 갈망을 성취시킬 수 있을 것 같은 희망의 감정이 생긴다.

    넷째 단계는 '사랑의 탄생'이다. 즉 키스나 살갗 접촉, 헤

126

비 페팅 등의 육체관계가 성립된다.

다섯째 단계로 가면 첫 번째 결정작용(結晶作用)이 일어
난다. 즉 "그 여자(또는 남자)는 내 것이다"라는 확신이 생
기는 것을 가리킨다.

여섯째 단계로 가면 회의와 의혹의 감정에 휩싸인다. 즉,
"그 여자(또는 남자)는 정말로 나를 사랑할까?" "내 사랑이
진실된 것일까?" 따위의 의문이 생긴다.

마지막 일곱째 단계에서는 두 번째 결정작용이 시작된다.
"그 여자(또는 남자)는 나를 분명 사랑하고 있다"고 확신하
게 되는 게 그것이다. 그러나 형언하기 어려운 의혹과 번뇌
또한 곁들여진다.

여기서 '결정작용(crystalization)'이란 말은 스탕달이 만
들어낸 독특한 용어인데, 일단 사랑의 감정에 깊숙이 빠져
들어가 상대방의 미점(美點)에만 집착하는 상태를 가리킨
다. 그런 상황이 되면 아무리 현명한 사람일지라도 오직 주
관적 판단밖에 할 수 없게 되고, 상대방에 대한 객관적인 관
찰이나 판단을 내릴 수 없는 정신적 혼돈상태에 이른다는
것이다.

스탕달이 주장한 연애과정의 일곱 단계는 요즘에도 거의
들어맞는다. 그러나 연애가 이렇게 일곱 단계로 그쳐버리

는 것은 아니다. 나는 크게 보아 연애는 '사랑 → 권태 → 이별'의 순서를 밟거나 '사랑 → 결혼(또는 동거) → 권태'의 순서를 밟게 된다고 생각한다.

그러므로 스탕달이 말한 사랑의 일곱 단계 다음에 '권태'나 '싫증'을 느끼는 단계를 추가시켜야만, 보편적인 연애과정을 설명할 수 있는 더욱 완벽한 플롯이 성립될 수 있을 것이다.

연애 삼매경에 빠져들었다가 싫증을 느껴가는 단계 역시 세심한 분류가 가능하다. 나는 싫증과 권태의 과정 역시 다음 일곱 단계를 거친다고 본다.

첫째, 결혼(또는 동거)문제에 대해 고려하기 시작한다.

둘째, 같이 살 경우 상대방에게 꽉 묶여버릴지도 모른다는 공포감, 다시 말해서 지금의 애인보다 나은 애인을 만날 기회를 봉쇄당할지도 모른다는 공포감이 엄습한다.

셋째, 상대방의 외모나 성격, 생각, 관능적 기교 등과 가정환경, 생활력, 학력, 헌신도(獻身度), 근면성 등에 대해 꼼꼼하게 따져보기 시작한다. 특히 외모문제에 중점을 두고 다시 생각해 본다.

넷째, 생각이 부정적인 쪽으로 기울어가고(아니, 부정적인 쪽으로 생각하려고 노력하고) 차츰 상대방의 단점들이 과장적으로 부각되기 시작한다. 역시 초점이 되는 것은 외모다.

다섯째, 다른 이성들과 자기의 애인을 비교하기 시작한다. 가정환경 등 외모 이외의 문제도 비교의 대상이 되지만, 가장 기준이 되는 것은 외모다.

여섯째, 아무래도 애인이 못생겼다고 느껴지고, 애인으로부터 탈출하여 홀가분해지고 싶은 강렬한 욕망을 느낀다.

일곱째, 애인과의 습관적인 데이트나 육체관계(페팅이든 성교든)를 시큰둥한 상태로 계속해 나가면서 다른 상대를 찾기 시작한다.

물론 위의 일곱 단계는 어느 정도 연애 경험을 갖고 있고 세련된 성의식 또한 갖고 있는 남녀를 기초로 작성해 본 것이다. 그리고 첫째 단계부터 결혼이나 동거문제를 끼워 넣을 수밖에 없었던 이유는, 지금 우리나라의 현실상 결혼이나 동거문제가 개입되지 않는 순수한 연애가 사실상 불가능하다고 생각됐기 때문이다.

위의 일곱 단계를 거치다가 새롭고 신선한 이성을 발견하게 되면 곧바로 연애의 끝인 이별의 단계가 된다. 그러나 새로운 애인이 나타난다는 것이 그리 쉬운 일은 아니므로, 대부분의 사람들은 찌뿌둥한 상태로나마 '체념적 정착'의 단계로 들어간다. 그러므로 '결혼'을 목적으로 한 연애라면 될 수 있는 한 연애기간이 짧을수록 좋다는 결론이 나온다. 시간을 질질 끌면 끌수록 싫증의 단계가 더 강도 높게 찾아오기 때문이다.

'체념적 정착'의 단계가 이루어지는 심리적 메커니즘은, "더 찾아봤자 이만한 애인감(또는 배우잣감)을 구하기는 어려울 것이다"라는 '자기 합리화'나, "더 머뭇거리다가 이만한 애인조차 다른 사람한테 빼앗길지도 모른다"는 '두려움'의 감정이다.

그러니까 "아무리 이모저모 뜯어봐도 이 사람은 나의 천생배필이요, '온리 원(only one)'이다"라고 결론 내리게 되는 경우는 하나도 없다는 게 내 생각이다.

그러므로 일단 어떤 대상을 완전한 자기 소유('소유'라는 말에 거부감을 갖지 말기 바란다. 소유욕 없이는 연애가 이루어지지 않는다)로 만들기 위해서는, 또는 상대방에게 어이없게 차이지 않기 위해서는, 끊임없는 '사랑의 줄다리기'와 '계략'이 필요하다. 섣불리 "나는 이제 당신 거예요"라고 말하는 것처럼 바보 같은 짓은 없다. 상대방이 내게 싫증을 느끼기 전에 내가 상대방에게 싫증을 느끼게 되는 편이 훨씬 더 낫다. 연애를 하다가 버림 받는 것처럼 비참한 일은 다시 없기 때문이다.

  그렇다면 연애 중인 사람은 어떤 경우에 파트너한테 싫증을 느끼게 되며 또 그 예방책은 무엇일까? 내 연애 경험을 바탕 삼아 그 점에 대해 한번 자세히 설명해 보기로 한다. 내가 위에서 제시한 '싫증을 느끼는 일곱 단계'의 가설을 바탕으로 하여 연역해 가면 좀 더 이해가 빠를 것이다.

  첫째, '결혼' 얘기를 자꾸 꺼내면 상대방은 싫증을 느낀다. 그러므로 아무리 연애기간이 길더라도 먼저 결혼 얘기를 꺼내면 안 된다. 애인의 입에서 먼저 결혼 얘기가 나올 때까지 꾹 참아야 한다. 결혼 얘기뿐만 아니라 결혼 후의 가정생활에 대한 희망적인 청사진 같은 것을 제시해서도 안 된다. 이를테면 아이를 몇 명 낳을까, 아이를 어떻게 키울까 등등의 화제를 입에 올리면 안 된다.

  이제는 남자들뿐만 아니라 여자들까지도 모두 다 '평생 어린애'이기 쉬우므로, 대개의 남녀는 부성애나 모성애가 없다. 아이는 오직 '라이벌'의 관계로 존재할 뿐이다. 모성애나 부성애는 결혼하고 나서 한참 뒤에 가서야 생기는데,

그것은 진짜 모성애나 부성애라기보다 '배우자에게 느끼는 권태와 짜증'에 대한 보상심리에 불과하다. 그러므로 연애할 때는 남자든 여자든 어린아이를 아주 싫어하는 척 가장해야 하고, 결혼이나 동거에 대해서도 회의적인 태도를 보여야 한다. 그러면서 약간의 '바람기'를 드러내는 것이 좋다. 그러면 상대방은 점점 마음이 달아올라 안달복달하게 된다.

둘째, 독점욕을 강하게 드러내면 상대방은 싫증 또는 피로감을 느낀다. 그러므로 애인을 완전히 '소유'하려 들거나 감시해서는 안 된다. 애인이 매일같이 만나자고 보채대더라도 절대로 따라주면 안 된다. "각자 자유로운 시간을 갖자"는 식으로 '태연한 무관심'을 가장하도록 애써야 한다.

셋째, '건방진 매너' 또한 싫증의 원인이다. 서로가 홀딱 반해 흠뻑 빠져 있을 때는 각자 저자세로 일관하며 상대방의 충실한 노예로 변한다. 그래서 상대방에게 무조건 복종할 것을 요구하거나 헌신적인 보조자로서의 자질 같은 것을 따지려 들지 않는다. 그러나 시간이 흘러 어느 정도 냉정을 되찾게 되면, 각자는 대개 이기적인 동물로 되돌아가 자신의 정체를 드러내게 된다.

그래서 우선 상대방이 자기에게 '걸맞은' 애인(또는 배필)이 될 수 있는가 여부를 따져보게 되고, 자기가 상대방을 마음 편하게 지배할 수 있는가 여부를 점검해 보게 된다. 그런 상태에서 저쪽이 지나치게 안하무인이면서 이기적인 태도로 나온다면 그 사람과 더불어 사귈 필요가 없고, 그쪽에서 먼저 싫증을 낼까 봐 두려워할 필요도 없다. 그런 애인이라면 아무리 마음 아프고 미련이 남더라도 당장 차버리는 게 마땅하다.

하지만 그런 정도가 아니라면, 이쪽에서만은 계속 '겸손한 매너'를 고수해 나가야 한다. 다시 말해서 쉽게 건방져지면 안 된다. 애인을 붙들어두고 싶으면 어떤 식으로든 '복종적인 태도'를 보여줘야 한다. 이 방법이 앞서 말한 '태연한 무관심'과 모순되는 것이라고 생각될지도 모르겠다. 내 말은 마음속으로는 당당한 자존심을 유지하더라도 겉으로는 '복종적인 매너'를 위장하라는 것이다. 특히나 요즘처럼 '공주병'이나 '왕자병'에 걸린 턱없이 건방진 친구들이 늘어나는 상황에서는, 대부분의 남녀는 복종적이고 온순한 매너를 보이는 이성한테 깜빡 죽는다.

사람들은 대개 속이 허(虛)해서, 친구나 애인한테 자기 자랑 늘어놓기를 좋아한다. 그럴 때도 절대로 핀잔을 주거나 말을 끊지 말고 진지하게 경청해 줘야 한다. 또한 식당에 갔을 때도 먼저 수저를 집어준다든지, 상대방이 담배를 피울 때 불을 붙여준다든지 하는 행동을 습관화하기 바란다. 그렇게 행동한다고 해서 절대로 자기의 체면이 깎이는 것은 아니다. 남자든 여자든 애인한테 서비스 받는 것을 미치도록 좋아한다. 그래서 룸살롱이나 호스트바에서 접대하는 여자나 남자들이 해주는 서비스라고 해봤자 기껏 담뱃불 붙여주는 정도가 고작인 것이다.

한국식 온돌방 같은 데 앉아 있을 때는, 남자라면 가부좌를 튼 단정한 자세로 앉고, 여자라면 무릎을 꿇고 앉거나 두 다리를 모아 꺾어 비스듬히 누이고 앉는 게 좋다. 그러면 상대방은 미치도록 감격한다.

넷째, '싫증'의 가장 큰 원인은 역시 '외모에 대한 실망'이다. 그러므로 아무리 가까워졌다고 해도 자신의 단점을 노출시켜서는 안 된다. 어떻게 해서라도 치명적인 결함이 있다고 생각되는 부분을 감추거나 보완해야 한다. 예컨대 치열이 고르지 못하다거나 입이 못생겼다면 절대로 막 웃어서는 안 된다.

누구든 사랑에 빠져 있을 때는 "곰보도 보조개로 보인다"는 옛 속담 그대로 상대방의 결점까지도 다 예쁘게 보인다. 그러나 싫증의 초기 단계에 돌입하면 상대방의 단점들이 크게 확대되어 눈에 들어오는 것이다. 그렇기 때문에 "이제 이 사람은 내 것이다"라는 식의 오만한 방심은 금물이다. 항상 외모에 신경 써야만 낭패를 면할 수 있다.

하나 더 예를 들자면, 광대뼈가 튀어나오고 얼굴이 넓적한 여자라면 반드시 양쪽 뺨을 가리는 헤어스타일을 고수해야 한다. 상대방이 헤어스타일을 바꿔보라고 간청해도 절대로 들어주지 말아야 한다. 아무튼 연애할 때는 외모가 가장 중요하다는 것을 명심해야 한다.

외모가 아닌 마음의 측면에서 단점이 드러나는 경우라면 주로 성격문제가 될 것이다. 신경질이나 히스테리가 있는 사람이라면 될 수 있는 한 꾹꾹 눌러 참아라. 연애 삼매경에 빠져 있을 때는 애인의 신경질을 잘 받아주지만 나중에는 그것이 통하지 않는다.

내 경우에도 그랬는데, 대학원 다닐 때 사귄 여자와 결국 헤어지게 된 이유가 바로 그 여자의 과도한 히스테리 때문이었다. 처음엔 내 쪽에서 무조건 저자세로 나갔지만, 사이가 가까워지자 여자가 툭하면 신경질을 부리는 게 못 견디게 역겨워지는 것이었다. 그런데도 그 여자는 종당 그 버릇을 고치지 못했고, 나중에는 결국 내 쪽에서 절교를 선언하게 되었다.

애인의 '저자세'와 친절한 봉사정신에 속아 넘어가서는 안 된다. 평생 동안 배우자의 노예 역할을 감수할 남자나 여자는 이 세상에 단 한 명도 없다. 남자든 여자든 겉으로는 애인의 신경질을 받아주는 체하면서, 속으로는 '두고 보자'를 외치는 음흉한 '복수꾼'들이라는 사실을 부디 잊지 말기 바란다.

다섯째, '싫증'은 '바람기'와 더불어서 온다. 그러므로 상대방이 다른 데 한눈 팔 기회를 줘서는 안 된다. 두 사람이 일단 밀착된 사이(주로 육체적 접촉을 통해서 이루어진다)가 되면 어느 쪽이든 먼저 한눈을 팔게 되는 법이다. 물론 연애할 때가 결혼한 뒤보다는 훨씬 덜하다. 하지만 그래도 조심해야 한다. 영화나 소설을 봐도, 자랑삼아 친구나 동생을 데이트 장소에 데려갔다가 애인을 빼앗기게 되는 경우가 얼마나 많은가.

애인이 다른 데 한눈을 팔지 못하게 할 뾰족한 방법은 없다. 그러나 그런 기회를 될 수 있는 한 줄일 수는 있다. 우선 친구를 애인한테 소개하지 말아야 한다. 자기보다 얼굴이 잘생긴 친구라면 더욱 그렇다. 선배나 후배도 안 되고 친척도 안 된다.

춤을 추러 가거나 술을 마시러 갈 때도 못생기고 촌스러운 사람들이 모이는 곳을 골라서 가야 한다. 여성복 패션쇼 같은 데 애인을 데리고 가는 여자나, 섹시하게 생긴 남자 가수의 콘서트에 애인을 데리고 가는 남자는 정말 바보다. 영화도 마찬가지. 예쁜 여자 배우나 잘생긴 남자 배우가 나오는 영화는 절대로 보러 가지 말라. 아무튼 될 수 있는 한 '비교 분석'의 기회를 주지 말아야 한다.

여섯째, 상대방이 습관적인 데이트에 짜증 내는 표정을 보이면, 과감하게 공백기를 가져보는 것도 한 방법이 된다. 홀가분해지고 싶어 하는 상대방으로 하여금 그럴 기회를 갖도록 허용해 주는 것이다. 만나는 횟수를 줄이는 것만으로는 안 된다. 적어도 짧게는 한두 달, 길게는 서너 달 정도의 단절된 시간을 가져야 한다.

그런 뒤에 애인이 아주 떠나버리면 하는 수 없다. 하지만 대개의 경우 애인은 반드시 되돌아온다. 그러니까 그때까지 얼마나 이를 악물고 참을 수 있느냐 없느냐가 연애의 승리 여부를 결정짓는 관건이 된다.

일곱째, 상대방이 육체관계조차 시큰둥하게 생각하기 시작하면 그것은 정말 큰 문제가 아닐 수 없다. 대부분의 사람들, 특히 젊은 남녀들은 발정기의 극치를 달리고 있기 때문에 이성과의 육체관계에 미칠 듯 굶주려 있다. 그래서 찬밥

더운밥 가릴 여유가 없는 것이다. 그런데도 상대방이 헤비 페팅 등의 육체적 접촉을 벌써부터 시큰둥하게 생각한다면, 두 사람 사이는 궁합이 안 맞는 사이라고 봐도 좋다.

그렇지만 위와 같은 상황에 놓였더라도, 진짜 원인은 속 궁합이 안 맞아서라기보다 판에 박힌 애무에 진력이 났기 때문일 경우가 더 많다. 그럴 때는 이쪽에서 먼저 더 대담하게 야해져야 한다.

상대방이 수줍고 미안해서 차마 요구하지 못하고 있던 것들을 먼저 선수를 쳐서 베풀어주자. 그러면 상대방은 눈이 뒤집힐 정도로 좋아한다. 요컨대 대부분의 남녀들은 성에 아주 적극적인 이성한테 맥을 못 춘다는 사실을 철저히 명심해 둘 필요가 있다.

이상 열거한 일곱 가지가 애인이 싫증을 느껴 도망가지 못하도록 예방할 수 있는 방법이다. 그 정도까지 비굴하게 나갈 필요가 있냐고 회의를 표시하는 독자가 있다면, 그런 사람은 아예 연애를 단념하는 것이 낫다.

연애는 절대로 이심전심으로 이루어지는 '하늘의 축복'이 아니다. 연애는 서로간의 피 튀기는 전쟁, 특히 심리전(心理戰)의 양상을 띠고 있다. 그렇기 때문에 우리는 연애를 승리로 이끌기 위해 미리부터 치밀한 작전을 세워둘 필요가 있다.

제10장
이별의 기술

　나는 '사랑의 기술'을 얘기하는 데 있어 '이별의 기술'에
관한 내용이 반드시 들어가야 한다고 생각한다.

　하지만 지금까지 국내나 국외에서 나온 사랑에 관련된 책
들 가운데 '이별의 기술'에 대해 언급한 책을 나는 아직 보
지 못했다. 다들 그저 사랑은 아름다운 것이요, 영원한 것이
라는 투의 공허하고 상투적인 '사랑 예찬론'으로 일관하고
있을 뿐이다.

　서로 첫눈에 반해 열렬한 사랑에 빠져들게 된 커플이 있
다고 하자. 그들에게 있어 '사랑하는 기술'은 별로 문제가
되지 않는다. 스탕달의 『연애론』을 꼼꼼하게 읽을 필요도

없고, 에리히 프롬의 『사랑의 기술』을 밑줄을 그어가며 정독할 필요도 없다.

사랑하는 행위는 본능적 충동에 속하는 것이기 때문에 오로지 본능에 따르기만 하면 되는 것이다. 서로 얼굴만 쳐다봐도 즐겁고, 그저 같이 있기만 해도 즐겁다. 그렇지만 서로가 이별하게 되는 마당에 있어서는, 사랑할 때와는 달리 고도로 세련된 '이별의 기술'이 필요하게 되는 것이다.

우리가 흔히 쓰는 한자 숙어 가운데 '회자정리(會者定離)'라는 말이 있다. 옳은 말이다. 영원한 만남이란 없다. 만남 뒤엔 반드시 이별이 따라오게 마련이다.

사랑이 언제까지나 뜨겁고 열렬한 상태로 지속될 수는 없다. 사랑 끝에 반드시 '권태'가 오고, 권태감이 극한점에 이르면 '이별'이 온다. 말하자면 '사랑 → 권태 → 이별'은 모든 연애행위에 있어 정해진 진행 코스라고 할 수 있다.

그런데 이상한 것은, 남녀가 일단 사랑에 빠져들게 되면 언젠가는 권태나 이별이 찾아온다는 사실을 한사코 부정하려 든다는 것이다. 그러다 보니 돌연한 이별 끝에 찾아오는 정신적 상처나 치정살인 같은 비극이 생겨난다.

변심한 애인의 혓바닥이나 성기를 잘라버린다거나, 같이 분신자살해 버린다거나 하는 끔찍한 내용의 기사들을, 우리는 신문 지상을 통해 이따금 대하게 된다. 다 '이별의 기술'이 서툴러서 빚어낸 참극이 아닐 수 없다.

거듭 말하지만 사랑은 언제나 동물적 충동에 의해서 시작된다. 더 구체적으로 말하면 '성욕'이 바로 사랑의 추진력이요 원동력이 되는 것이다. '정신적 사랑'이나 '플라토닉 러브' 같은 것은 동물적 성욕을 당장 풀어버릴 수 없을 때 생겨나는 대상적(代償的) 자기 보상심리의 결과물일 뿐이다.

이를테면 도저히 육체적인 성애를 나눌 수 없는 조건에서 '이루어질 수 없는 사랑'이나 '짝사랑'이 오래 지속될 때, '정신적 사랑의 우월성'에 대한 믿음이 생겨난다. 그래서 그것 자체만 가지고서도 육체적 오르가슴의 대체효과를 맛볼 수 있게 되는 것이다.

물론 사람은 정신이나 육체 중 어느 한쪽만 가지고는 살아갈 수 없는 존재다. 그러므로 사랑 역시 정신과 육체가 서로 조화되고 혼연일체가 되는 것이어야 한다.

그렇지만 인간에게는 묘한 '자기 합리화 능력'과 '자기 조절 능력'이 있어서, 정신이 허전할 때는 육체를 통해서 정신적 허기증을 위로받을 수 있고, 육체가 허전할 때는 정신을 통해서 육체적 허기증을 위로받을 수 있다. 이것이 바로 인간이 다른 동물들과 구별되는 점이라 하겠다.

얼핏 보면 인간만이 갖고 있는 이런 사랑의 메커니즘이 아주 편리하고 합리적인 구조로 되어 있는 것 같아 보인다. 그렇지만 그런 특성 때문에 오히려 정신과 육체의 극단적 괴리 현상이 생겨나고, 정신과 육체 간에 불협화음을 조성하게도 되니 문제다.

사랑은 일단 육체적 충동에 의해서 시작된다. 그러므로 육체적 충동을 일으킨 본능적 욕구가 만족되면, 사랑은 없어지고 오직 권태감만 남는다.

이것은 우리가 음식물을 먹는 행위나 대소변을 배설하는 행위와도 같다. 배가 몹시 고플 때는 머릿속에서 계속 맛있는 요리에 관한 환상이 오락거린다. 다시 말해서 음식에 대한 '뼈저린 그리움'에 사무치게 된다. 이것은 흡사 짝사랑의 경우와 비슷하다.

그러나 일단 식욕이 충족되고 나면, 빈 그릇에 남은 음식 찌꺼기들이 아주 불결하고 지저분해 보이기 시작한다. 말하자면 "내가 언제 저 음식을 그토록 그리워했더란 말이냐" 하는 식으로 '오리발'을 내밀게 되는 것이다.

내가 몹시 배고플 때는 남이 음식을 게걸스럽게 먹는 모습이 한없이 부러워 보인다. 그렇지만 내가 배부른 상태에 있을 때는 남이 음식을 게걸스럽게 먹는 모습이 아주 천박하게 느껴진다. 이런 심리 변화 역시 같은 이치 때문에 일어난다.

또한 같은 메뉴의 요리를 계속해서 먹게 될 경우, 우리는 그 음식에 '물리게' 될 수밖에 없다. 이렇게 음식에 물리게 되는 것과 사랑하다 권태를 느끼게 되는 것은, 똑같은 심리적 메커니즘 때문이라고 볼 수 있다.

대소변을 보는 것도 마찬가지다. 우리나라 속담에 "똥 누러 들어갈 때와 똥 누고 나올 때가 다르다"는 말이 있는데, 사랑의 과정도 이와 아주 비슷하다.

소변이나 대변이 몹시 급할 때는, 변소가 더러우냐 깨끗하냐, 양변기냐 재래식 변기냐를 따지고 자시고 할 겨를이 없다. 그저 변을 볼 장소가 생겼다는 것만도 감지덕지해야 할 형편이 된다. 그러나 일단 변을 보고 난 후에는 "그 변소 참 더럽네 어쩌네" 하는 투의 건방진 불평이 튀어나오게 되고, 내가 언제 변을 봤더냐 하는 식으로 그 '고마운 변소'를 다시 또 쳐다보기도 싫어지게 되는 것이다.

우리가 평생 동안 똑같은 메뉴의 요리를 먹을 수는 없다. 그런데 이상하게도 일단 사랑에 빠져든 사람은, 평생 '한 사람'만을 사랑할 수 있을 것 같은 착각에 사로잡히게 된다. 그동안 너무나 굶주려 왔기 때문에, "시장이 반찬"이요 "기갈(飢渴)이 감식(甘食)"이라는 옛말 그대로의 상태가 돼버리는 것이다.

하지만 우리가 매일같이 이를테면 설렁탕만 먹을 수는 없는 일. 그래서 닭곰탕이나 비빔밥으로 바꿔 먹고 싶은 생각이 들게 된다. 이것이 바로 '권태'의 심리다. 그러다가 아예 '비빔밥'으로 메뉴를 바꿔버린다면, 그것은 바로 사랑에 있어서의 '이별'과 같은 것이라고 말할 수 있다. 말하자면 '설렁탕과의 이별'인 셈이다.

설렁탕을 먹다가 비빔밥으로 바꿨다고 해서 죄가 될 수는 없다. 그런데 사랑에 있어서만은 그것이 죄가 된다. 다시 말해서 설렁탕을 '배반'한 것이 돼버리는 것이다. 그래서 처음에 사랑을 시작할 때는 서로가 물고 빨고 핥아주면서 그저 좋아하기만 하다가, 나중에 이별하게 될 때는 서로 원수가 돼버리고 마는 현상이 일어난다.

한용운의 시 「님의 침묵」의 주제는, "만남 뒤에는 이별이 있고, 또 이별이 있기 때문에 만남이 있다"는 것이다. 그래서 「님의 침묵」의 화자(話者)는 처음엔 이별을 슬퍼하다가 나중에 가서는 이별 후에 오는 '새로운 만남'에의 기대감 쪽으로 이별의 슬픔을 승화시킨다.

한용운은 그의 시집에서 수없이 되풀이해 가며 이별을 예찬하고 있다. 「이별은 미(美)의 창조」라는 시가 가장 대표적인 예인데, 그 시에서 한용운은 "이별은 미의 창조행위요 미는 이별의 창조행위"라고 단언하고 있다.

그러므로 우리가 현명하게 사랑을 하는 비결은, 미리부터 이별을 전제하고서 사랑을 나누는 것이다. 나중에 가서 무조건 헤어지겠다고 미리부터 결심을 한 상태로 사랑을 시작하라는 말이 아니다. 언젠가는 헤어지게 될지도 모른다는 가정하에 사랑을 시작하라는 말이다.

이별에 있어 누가 먼저 버렸느냐(또는 찼느냐) 하는 따위의 문제는 별 의미가 없다. 사랑하는 행위는 두 사람이 각각 50퍼센트씩의 책임과 의무를 나눠 갖고서 시작하는 것이기 때문에, 설사 이쪽에서 버림을 받았다고 해서 이별의 책임을 상대방에게만 전가시킬 수는 없다.

권태를 느낀 쪽이나 권태를 느끼게 만든 쪽이나, 둘 다 똑같이 책임이 있다. 아니 '책임'이라는 말은 부적절한 표현이다. 사랑이 오래가면 반드시 이별이 찾아오게 마련이기 때문에, 어느 누구의 책임이랄 것도 없이 당연히 이별하게 된 것이라고 생각해야 한다. 그래야만 정신적으로 홀가분해질 수 있다.

　내가 상대방을 버리기 전에 상대방이 먼저 나를 버려줬다는 것은, 어찌 보면 다행스럽고 신나기까지 한 일이다. 나는 아무런 책임감이나 죄책감 같은 걸 느낄 필요 없이 또다시 새로운 사랑, 말하자면 새로운 메뉴의 요리를 즐길 수 있는 기회를 갖게 됐기 때문이다.

　이별을 당하고서도 정신적으로 홀가분해질 수 있다면 쓸데없는 적개심과 복수심, 그리고 억울감으로부터 벗어날 수 있어 좋다.

　예수가 "원수를 사랑하라"고 말 한 것은 무조건 자신을 희생하라는 뜻으로 한 말은 아니다. '나'를 위해서라도 원수를 사랑해야 한다는 말이다. 누군가를 한없이 미워한다고 할 때, 그 적개심의 화살은 종당 '부메랑 효과'를 불러일으켜 우리의 가슴을 찌른다. 그래서 우리의 미래는 더욱 어둡고 우울해지고 정신은 황폐하게 된다.

　물론 기혼 남녀의 이별은 미혼 남녀의 이별보다 훨씬 더 착잡할 수밖에 없을 것이다. 특히 아이가 딸려 있을 경우에는 더욱 그렇다. 그러나 이별할 시기가 왔다고 생각하면 이것저것 눈치 볼 것 없이 용감하게 떨치고 일어나야 한다.

이혼 후 아이를 어머니나 아버지가 잘 길러낼 수만 있다면, 부부가 아웅다웅 싸우는 상태로 아이를 기르는 것보다 아이에게 오히려 더 낫다. 부부가 억지로 같이 살 경우에는, 남편은 아내에 대한 적개심을 아이한테 전이(轉移)시키고 아내는 남편에 대한 적개심을 아이한테 전이시켜, 각자 아이에게 화풀이하기 쉽다. 그래서 자식에게 영원히 가시지 않는 '정신적 상흔'을 남겨줄 가능성이 높다. 그러므로 부모 중 어느 한쪽이 없는 가정을 '결손 가정'이라고 부르는 관행은 이젠 고쳐져야 한다고 본다.

냉전상태를 유지하며 억지로 살아가는 부부들은 대개 자식 핑계를 댄다. 그러나 속을 들여다보면 이혼하는 게 남 보기 창피해서 주저하는 경우가 더 많다. 하지만 절대로 '남 보라고' 살아서는 안 된다. 우선 나부터 살고 봐야 한다.

"남의 소문 사흘"이라는 속담이 있다. 아무리 남 얘기하길 좋아하는 사람이라 할지라도, 사흘만 지나면 그만 흥미를 잃어버려 입을 다물게 된다는 뜻이다. 그러므로 남 보기 부끄럽고 창피하다고 해서 어정쩡한 부부관계를 억지로 지탱해 나갈 필요는 없다. 물론 이혼 결심까지 가려면 부부간의 사랑을 회복시키기 위한 정성스러운 노력이 반드시 전제돼야 한다. 하지만 일단 결심이 선 후라면 '당당하고 뻔뻔스럽게' 이별의 통과의례를 치러나가야 한다.

1930년대 일본의 최고 인기작가였던 다니자키 준이치로(谷崎潤一郎)는 '이혼식'을 거행하여 세인들의 화젯거리가 되었다. 다니자키 부부의 이혼사유는 흔히 말하는 성격 차이 같은 게 아니었다. 다니자키의 아내가 남편의 친구와 '바람'이 났기 때문이었다.

그런데도 다니자키는 아내나 친구를 원망하지 않고 아내를 친구에게 선선히 넘겨주었다. 그래서 그 '이혼식'은 '아내 양도식'을 겸하는 순서로 진행되었다고 한다. 그리고 다니자키와 그의 친구, 아내 세 사람은 이혼식 이후에도 계속 친분관계를 유지할 수 있었다고 한다. 참으로 부러운 얘기다.

아직도 우리나라 사람들은 남의 사생활에 참견하기를 좋아하고, 누가 이혼한 후에도 '어느 쪽이 찼느냐'를 화제의 초점으로 삼는다. 그러다 보면 당사자 두 사람은 헤어진 뒤에도 세간의 소문과 비평에 전전긍긍하게 되고, 홀가분하게 새출발할 수 있는 기회를 놓쳐버리기 쉽다.

나는 1985년 12월에 결혼하여 1990년 1월에 이혼했다. 쌍방간에 누가 잘하고 누가 잘못해서 이별이 왔다고는 말할 수 없다. 군이 이유를 달자면 두 사람이 어떤 식으로든 잘 맞지 않았기 때문이라고 할 수 있다.

갑자기 만난 중매결혼도 아니고 오랫동안의 교제 끝에 벼르고 별러서 한 결혼이었지만, 연애와 결혼 사이에는 엄청난 거리가 있었다. 말하자면 결혼은 낭만적 분위기에서 이루어지는 연애와는 달리 엄연한 '현실'이요 '생활'이었던 것이다.

사랑에 따라오는 '권태'란 누군가를 역겨워하는 감정이라기보다 피곤해하는 감정이다. 어떤 음식에 권태를 느끼게 되는 것은 그 음식을 '미워해서'가 아니라 그 음식이 체질에 맞지 않거나 더 이상 건강에 도움을 주지 않기 때문이다. 나와 아내는 서로의 생활 패턴이나 의식구조, 특히 성관(性觀)에 있어 크게 차이가 나 더 이상 공동생활을 해나가기 어렵다는 결론에 도달할 수밖에 없었다.

결혼한 지 2년 반 만에 별거를 시작하게 되면서, 처음엔 남 보기 창피하고 고통스러웠다. 하지만 지금 생각해 보니 잘한 일 같기도 하다. '별거'의 과정이 '돌연한 이별(또는 이혼)' 시에 찾아오는 정신적 상처를 미연에 방지해 주는 '충격 방지기' 역할을 해줬기 때문이었다.

결혼까지 가는 동안에 들인 엄청난 투자(물론 정신적인

의미에서)가 정말 눈물 나도록 아깝고 억울하게 느껴졌다. 하지만 사랑은 언제나 '현재'를 기준 삼을 수밖에 없다는 것을 나는 알고 있었기 때문에, 과거에 대한 집착이나 미래에 대한 공포로부터 서서히 벗어날 수 있었다.

물론 이혼한 뒤 변변한 연애 한번 제대로 못해 봤기 때문인지, 지금의 내 심정은 지극히 허탈하고 외롭다. 자꾸 옛 추억에 집착하게 되고, 다시는 사랑을 할 수 없을 것 같은 생각도 든다. 또 사랑을 찾아 헤매는 데 써야 할 시간을 수구적 봉건윤리와의 싸움에 소비시켜야 하는 지금의 내 처지가 새삼 안쓰럽게 느껴지기도 한다. 하지만 어쩌겠는가. 내게 새로운 사랑이 찾아오기를 기다려보는 수밖에.

혹 누가 알랴. 내가 늦게나마 활기찬 '제2의 청춘'을 더 야하고 신나게 구가하게 될는지……. 짧은 결혼생활이었지만, 아닌 긴 사랑 끝의 어이없는 이별이었지만, 어쨌든 내겐 큰 '연습'과 '공부'가 되어줬기 때문이다.

제11장
관능적 사랑만이 행복의 지름길

    인간이 비극적 인생관에서 벗어나 그래도 '웬만큼' 행복하게 살아갈 수 있는 비결은 과연 무엇일까? 인간은 죽음을 목전에 두고 갖가지 욕구들과 사회적 억압 사이에서 진저리나는 갈등을 겪으며 살아갈 수밖에 없는 존재다. 그러나 그런 와중에서도 최소한의 갈등만 겪으면서 살아갈 수 있는 방법이 아주 없지는 않다. 많은 사상가들이 고민하며 갈등했던 것도 바로 그런 방법을 모색하기 위해서였다.

    실존주의 문학가로 각광을 받은 알베르 카뮈는 처음엔 인간 및 사회에 대한 부정적 인식을 바탕으로 장편소설 『이방인』을 썼다. 그러나 그가 두 번째로 발표한 장편소설 『페스

트」는 인간에 대한 긍정적 입장에서 집필된 것이었다. 그 뒤에 그는 마치 변증법적 발전의 도식을 빌리기라도 하듯, 세 번째로 계획 중인 장편소설의 주제가 '사랑'이라고 말했다. 그러니까 그는 인간에 대한 부정적 인식에서 출발한 자신의 문학세계를, 인간에 대한 긍정을 거쳐 '사랑'이라는 '구원의 메시지'로 끝맺으려 했던 것이다.

하지만 불행하게도 그는 세 번째 장편소설을 시작하기도 전에 불의의 교통사고로 유명을 달리하고 말았다. 어쨌든 카뮈의 예를 두고 생각해 본다면, 인간이 스스로 고통에서 벗어날 수 있는 구체적 방법은 '사랑'밖에 없다는 얘기가 된다.

사랑의 중요성을 강조한 사람은 얼마든지 많다. 고대로 거슬러 올라가면 플라톤이 그랬고 묵자(墨子)가 그랬고 특히 예수가 그랬다. 톨스토이는 "사람은 빵을 먹고 살아가는 존재가 아니라 사랑을 먹고 살아가는 존재다"라고 말하면서, 사랑이야말로 행복한 인생을 위해 가장 필수적인 것이라고 강조했다. 최근 우리나라에서는 정신 신체 의학을 전공하는 몇몇 의사들이, 육체적 건강의 원동력 역시 '사랑'이라는 사실을 생화학적 실험 결과를 가지고 얘기하여 화젯거리가 된 일이 있다.

그러므로 사랑이 우리의 삶에 있어 가장 소중한 가치요 철학이요 실천목표가 돼야 한다는 주장에 새삼스레 이의를 제기할 사람은 아무도 없을 것이다. 그런데도 왜 지금까지 인류의 역사는 사랑보다는 '증오'의 역사요 '갈등'의 역사요 피비린내 나는 '전쟁'의 역사였을까? 왜 사람들은 겉으로는 사랑을 외치면서도 슬그머니 그것을 '적개심'으로 변모시켜 나갔을까?

내가 보기에 사랑의 절대적 가치와 중요성을 맨 처음 확실하게 인류에게 일깨워준 사람은 역시 예수다. 예수가 역설한 '사랑의 정신'이 기독교라는 종교로 구체화되었고, 기독교 이데올로기는 중세 이후의 서양을 지금까지 이끌어왔다.

그렇지만 모든 나라가 다 기독교 국가가 된 중세 이후의 유럽이 예수의 가르침대로 다스려졌다고 볼 수는 없다. 예수는 '평화로운 이웃 사랑의 정신'과 '적개심 어린 폭력의 척결'을 외치며, 인류가 모두 하느님의 아들딸이요 형제자매라는 생각으로 살아가자고 역설했다. 하지만 예수의 그런 가르침은 엉뚱한 종교적 도그마로 변질되어, 타 종교나 타 종파에 대한 적의(敵意)와 증오심만 가중시켰을 뿐이었다.

근대 이후 서양에서는 예수의 생각에 회의를 표시하거나 반대하는 사람들이 많이 나타났다. 포이어바흐의 『기독교의 본질』이나 돌바크의 『기독교의 정체』 같은 책이 대표적인 보기라고 할 수 있다. 그런 생각들이 발전하여 마르크스의 유물론으로 구체화되고, 마르크스의 사상은 제정 러시아를 무너뜨리고 새로운 공산주의 국가를 탄생시켰다. 하지만 내가 보기엔 공산주의라는 것 자체도, 종교는 아니지만 종교 비슷한 성격을 가진 이데올로기요 도그마라고 여겨진다.

그래서 그런지 공산주의 국가였던 구소련이 결국 그 '도그마' 때문에 무너지고, 중국에서도 교조주의(教條主義)에 대한 반성이 일어나 유화정책을 쓰기 시작하고 실용주의 노선으로의 방향 전환을 시도하고 있다. 말하자면 '탈(脫)이데올로기 운동'이 가시화되기 시작한 것이다. 또 기독교가 국교화되다시피 한 미국을 비롯한 서구 여러 나라에서도, 많은 진보적 신학자들이 기독교의 교조주의적 도그마로부터 벗어나자는 운동을 활발하게 전개하고 있다.

기독교의 편협한 도그마가 서양의 몰락을 자초하고 있다고 단언한 20세기의 대표적 철학자는 버트런드 러셀이라고 할 수 있다. 그는 『나는 왜 기독교인이 아닌가』라는 저서에서 기독교가 지니고 있는 호전적 성격과 이기적 배타주의를 신랄하게 공격한 바 있다. 나는 교회에 열심히 나가던 고등학교 시절에 이 책을 읽고 크게 감명받아, 종교든 이데올로기든 어떠한 형태의 '주의'라도 그것이 결국은 정치적 압제와 인성(人性) 파괴의 수단으로 변해 버리고 만다는 사실을 깨닫게 되었다. 또한 러셀의 또 다른 저서인 『새 세계의 새 희망』을 읽고서, 이데올로기의 광신화(狂信化) 현상이 인류의 파멸을 재촉하고 있다고 판단한 그의 예리한 문명비판적 안목에 크게 감복하기도 하였다.

기독교적 이데올로기가 서구의 몰락을 재촉하고 있다는 것은 이젠 서구의 진보적 지식인들 사이에서 거의 합의된 사항이 되어버린 듯하다. 그렇다면 과연 예수의 사상 자체가 전혀 쓸데없는 과거의 유물로 사장(死藏)되어 버려야만 하는 것일까?

러셀은 중세 이후 서구의 '암울한 문화 독재 체제'와 오만한 백인우월주의적 발상에서 나온 '제국주의적 식민정책' 등의 책임을 모두 예수 개인에게 돌리고 있지만, 나는 꼭 그렇다고는 생각하지 않는다. 물론 예수의 사상이 잘못된 방향으로 이용되어, 1천여 년간의 중세 암흑시대 같은 질곡의 역사를 초래하는 데 근원적 원인으로 작용한 것만은 틀림없다. 하지만 그렇다고 해서 예수의 '사랑 철학' 자체가 매도되거나 심판받아서는 안 된다고 생각한다.

프리드리히 니체도 지적하였듯이, 예수가 말한 '아버지'로서의 하느님과 '아들'로서의 인류는, 예수의 문학적 천재성에 의해서 만들어진 상징적 표현물이었다. 그러나 예수 이후의 기독교 철학자들(대표적인 인물로 바울을 꼽을 수 있다. 『신약성서』 가운데 바울이 쓴 많은 서간들, 특히 「로마서」는 예수의 상징적 설교들을 규범적 명령으로 바꾸어놓는 잘못을 저질렀다)은 예수의 사상을 개인적 상상력과 명예욕에 의해 변질시켜, 기독교를 민중 지배의 수단으로 전락시켰던 것이다.

그래서 나는 종교형태로서의 기독교가 내세우고 있는 '교리'보다도, 예수라는 한 젊은 종교개혁자가 주장했던 계시적 철학으로서의 '사랑'에 더 소중한 가치를 매기고 싶다. 인류 역사상 이른바 '성인'으로 추앙받는 인물들 가운데, 인류의 평화와 복지를 위한 최선의 처방으로 '사랑'을 제시한 인물은 예수밖에 없다고 보기 때문이다. 공자가 주장한 '인(仁)'이나 석가가 주장한 '대자대비(大慈大悲)'의 정신, 또는 소크라테스가 외친 '자아의 본질 확인' 같은 것도 귀중한 처방이긴 하지만, 내가 보기에 '사랑'만은 못한 것 같다.

왜냐하면 공자나 석가나 소크라테스 등의 성현들이 주장한 '인류 구제의 처방'은 결국 '당위론적 도덕률'의 범주를 넘어서지 못하는 게 아닌가 하는 생각이 들기 때문이다. 거기에 비해 예수가 주장한 '사랑'은 추상적 윤리로서의 사랑이 아니라, 정신과 육체를 아울러 포괄하는 '실존적 본질로서의 사랑'을 의미하고 있는 것 같다는 생각이 든다. 내가 보기에 예수가 말한 사랑의 개념 안에는 육체적 접촉을 당연한 것으로 받아들이는, 다시 말해서 인간의 순수한 본능으로서의 '성욕'을 인정하는 요소가 내포되어 있다.

그래서 나는 인류가 지금까지 구두선(口頭禪)으로만 외쳐온 사랑의 가치를 제대로 활용하여 그것을 인류 파멸을 막는 새로운 복음으로 확장시키려면, 우선 보수적 기독교 철학자들이 내세우는 '사랑관(觀)'에서 벗어나야 한다고 생각한다. 그들은 예수가 주장한 '사랑'을 단지 정신적, 윤리적 차원에서 해석하고 있지만, 이제는 그런 단순시각에서 벗어나 사랑을 '정신과 육체를 통괄하는 일원론적 관점'에서 받아들여야 한다고 보는 것이다.

내가 생각하기에 인류가 지금까지 사랑의 가치를 목 아프게 외쳐대면서도 평화와 복지를 실제로 실현시키지 못한 근본적 원인은, 사랑의 개념 안에 반드시 내포돼야 하는 '관능적 아름다움'의 요소를 무시했기 때문이다. 예수의 '사랑'을 이른바 아가페적 사랑의 의미로만 받아들일 게 아니라, '관능적 즐거움이 수반되는 사랑'과 '아름다운 심미감(審美感)이 수반되는 사랑'의 의미로 받아들여야 한다. 그럴 때 인류는 평화와 행복을 훨씬 더 보장받을 수 있다.

내가 예수가 말한 사랑을 '육체적 접촉'과 '아름다움의 향수(享受)'를 아울러 내포하는 개념으로 받아들이게 된 것은, 『신약성서』「요한복음」 12장에 나와 있는 '예수와 마리아 간의 사랑의 교환(交歡) 장면'을 읽고 크게 감명받았기 때문이다. 그 부분을 다시 인용해 보면 다음과 같다.

그때 마리아가 매우 값진 순 나르드 향유 한 근을 가지고 와서 예수의 발에 붓고 자기 머리털로 그 발을 닦아드렸다. 그러자 온 집 안에 향유 냄새가 가득 찼다. …… 그때 유다가 "이 향유를 팔았다면 삼백 데나리온을 받았을 것이고, 그 돈을 가난한 사람들에게 나누어 줄 수 있었을 터인데 이게 무슨 짓인가?" 하고 투덜거렸다. ……
예수께서는 이렇게 말씀하셨다. "이것이 내 장례일을 위하여 하는 일이니 이 여자 일에 참견하지 말라. 가난한 사람들은 언제나 너희와 함께 있겠지만, 나는 언제나 함께 있지는 않을 것이다."

읽는 이에게 드라마틱한 감동을 전달하는 이 장면은, 상징적 암시성을 강하게 내포하고 있다. 여기서 우리는 세 가지의 상징적 모티프를 발견하게 된다. 첫째는 물론 '예수에 대한 마리아의 지극한 사랑'이다. 그리고 둘째는 그 사랑이 단순히 정신적 교류의 형태로만 표현되지 않고 구체적이고 육체적인 '접촉(touch)'의 형태로 표현되었다는 점이다. 특히 향유를 가지고 예수의 발을 적셔주고 한술 더 떠 자신의 긴 머리털로 예수의 발을 훔쳐줬다는 대목에서, 나는 다른 어떤 애무보다도 관능적인 '페팅'의 이미지를 생생하게 전달받을 수 있었다. 따라서 셋째 모티프는 마리아의 긴 머리털이 보여주는 '아름다운 페티시(fetish)로서의 역할'이 된다.

신체의 일부분을 두드러지게 미화시켜 관능적 상징물로 만들어 육체적 애무에 사용할 때, 그것은 곧 '페티시'가 된다. 페티시란 말하자면 '탐미적 숭배물'이요, '관능적 페팅의 도구'인데, 페티시 중에서 가장 대표적인 것이 바로 '긴 머리털'이다. 이 밖에도 긴 손톱이나 염색한 머리, 높은 하이힐, 큰 젖가슴, 특이한 장신구 등이 다 페티시 역할을 하는데, 가장 보편적으로 많이 쓰이는 페티시가 바로 '긴 머리카락'인 것이다. 여기서 우리는 아름다운 신체가 아름다움 자체에 머물지 않고 사랑의 구체적 표현형태인 애무나 살갗 접촉의 촉매제 역할을 할 때, 비로소 본연의 가치를 발휘하게 된다는 것을 알 수 있다.

『구약성서』에도 긴 머리카락이 힘의 원천 역할을 하는 이야기나 사랑의 행위를 위한 페티시 역할을 하는 이야기가 나온다. 긴 머리카락을 '힘의 원천'의 상징으로 삼은 것은 「판관기(判官記)」 13장에 실려 있는 투사 삼손의 이야기에서다. 삼손이 요부 데릴라의 유혹에 빠져 자신의 긴 머리카락을 잘린 후 완전히 무력해져서 적의 포로가 되고 만다는 내용으로 되어 있다.

그리고 여인의 긴 머리카락을 관능적 페티시의 의미로 언급하고 있는 것은 「아가서(雅歌書)」다. 사랑하는 여인의 아름다움을 묘사하는 부분에서 여인의 길고 풍성한 머리채가 자주 등장하는데, 그것은 언제나 사랑의 즐거움을 더해 주는 '관능적 촉매제' 역할을 하고 있다.

마리아가 예수에게 바친 '사랑'은 아가페(Agape)적 요소와 필리아(Philia)적 요소와 에로스(Eros)적 요소가 혼연일체로 합쳐진 것이었다고 본다. 그런데 위에서 설명한 바와 같이, 예수와 마리아 간에 이루어진 사랑의 구체적 교환행위에는 '육체의 아름다움'과 '관능적 접촉'의 요소가 아울러 포함되어 있었다. 그래서 두 사람은 이심전심의 사랑을 더욱 완전무결하게 승화시킬 수 있었던 것이다.

제자인 유다가 투덜거리는 소리를 듣고 예수가 대답한 말도 많은 것을 상징적으로 시사해 준다. 가난한 사람들을 위한 적선행위는 '당위적 윤리'에 속하는 것이고, 마리아와 예수 간에 이루어진 사랑의 접촉은 '본능적 감성'에 속하는 것이라고 볼 수 있다. 그런데 예수는 본능적 사랑이 윤리적 의무감에 따른 시혜의식보다 훨씬 더 소중하다는 투로 얘기하고 있는 것이다.

예수는 자기가 십자가에 못 박혀 속죄양이 될 운명에 처해 있다는 것을 알고 있었다. 그렇기 때문에 마리아가 보여준 사랑의 표현행위가 설사 나르시시즘에 기인한 과장된 해프닝이었다 할지라도, 그에겐 너무나 감동 깊은 사건으로 받아들여질 수밖에 없었다. 말하자면 예수는 사랑이란 '순간의 진실'과 '순간의 아름다움'만으로도 가치와 효용을 충분히 지니는 것이라고 생각했던 것 같다.

그래서 나는 이 장면이 이렇게 읽힌다. 즉 "본능적 사랑이 먼저냐, 도덕적 당위(當爲)가 먼저냐" 하는 문제로 고민에 빠져 있는 사람들에게, 예수가 확고한 어조로 "본능적 사랑이 먼저다"라고 가르쳐주고 있는 장면으로 말이다. 따라서 나는 성경의 이 대목이 '관능' 자체에 거부감을 느끼고 있는 사람들에게 새로운 각성의 계기로 작용해 주기를 바라고 있다.

사랑을 실천함에 있어 정신적인 면만 지나치게 강조하다 보면, 그것은 곧바로 '성적 기아증(飢餓症)'으로 이어져 위장된 행동으로 발산되게 마련이다. 말하자면 '도덕을 빙자한 심술'이나 '공분(公憤)을 빙자한 적개심'의 형태를 띠기 쉽다. 또한 본능적 사랑에서 관능적 아름다움의 요소를 분리시켜 버린다면, 우리는 '몰염치한 성적(性的) 소유욕'이나 '강박적 생식욕(生殖慾)'의 단계에 머물 수밖에 없다.

인간이 다른 동물들과는 달리 일 년 내내 성행위(물론 성교만을 의미하는 것이 아니라 오럴 섹스 등 여러 가지 형태의 페팅을 포함하는)를 할 수 있는 즐거움을 누릴 수 있게 된 것은, 인간이 '사랑의 행위'에 에로틱한 심미감을 곁들일 수 있는 능력, 즉 '관능적 상상력'을 개발할 수 있었기 때문이었다. 그러므로 우리가 관능적 아름다움이 배제된 '순수한 아름다움'만을 추상적으로 강조하다 보면, 결국은 '자아 분열'에 가까운 이중적 결벽주의로 흘러 우리의 삶을 피폐시키기 쉽다.

관능적 아름다움은 '타고난 외모'와는 상관없이 인간을 사랑의 황홀경에 빠져들게 하고, 사랑의 황홀경은 인간의 마음을 평화롭게 한다. 중고등학교 학생들에게 자유로운 복장과 자유로운 멋내기를 허용하면, 남학생들의 거칠고 전투적인 매너가 사라질 것이고 여학생들 역시 '강요당한 촌티'에서 벗어날 수 있을 것이다. 헤어스타일을 규제하고 을씨년스런 유니폼을 입혀 한창 사랑에 갈증을 느낄 시기인 사춘기 소년 소녀들한테서 '관능적 미의식'을 박탈해 버릴 때, 학생들은 그것에 대한 반발로 적개심과 신경질만 늘어갈 게 뻔하다.

만약 군인들에게 자유 복장을 허용하고, 머리를 마음대로 기르게 하고, 마음껏 몸치장을 하도록 허락한다고 가정해 보라. 그들은 차츰 '전투적 심리'에서 해방되어 결국은 전의 (戰意)를 상실하고 말 것이 뻔하다. 두 나라가 서로 싸울 때, 한쪽 나라의 군인들만 멋을 낸다면 그 나라는 패전할 것이 분명하다. 하지만 두 나라 군인들이 다 같이 멋을 낸다면, 결국에 가서는 전쟁 자체가 없어지고 인류는 평화로운 행복과 사랑의 기쁨을 향유할 수 있게 될 것이다.

　이제부터 우리는 '아름다움'의 본질을 '순수미'보다는 '관능미'에서 찾아야 한다. 그리고 '관능미'가 단지 퇴폐적이고 현실도피적인 아름다움에 머무는 것이 아니라는 사실을 깨달아야 한다. '관능적 아름다움'만이 인류 역사에서 도저히 근절시킬 수 없었던 전쟁과 폭력을 없애줄 수 있고, '착취적 성욕'이 아니라 '평화스럽고 심미적인 성욕'을 가능하게 해줄 수 있다. 관능미란 어찌 보면 인류의 자멸을 막아줄 수 있는 가장 효과 빠른 수단이 되는 것이다.

　내가 '야한 여자' 이야기를 많이 하고 나아가 여자뿐만 아니라 모든 남녀들이 다 야해지기를 진심으로 바라는 것은 이런 까닭에서다. 위에서 소개한 성경 기록에 나오는 '마리아'는 아마도 '야한 여자'가 아니었나 싶다.

　'야한 아름다움'이 결코 사치와 퇴폐의 상징으로 매도돼서는 안 된다. 인간 모두가 '본능적 욕구의 당당한 노출'에서 우러나오는 진정한 관능미를 능동적으로 가꿔나갈 수 있을 때, 세계는 비로소 상쟁(相爭)을 멈추고 사랑의 낙원으로 바뀔 수 있다.

제12장
사랑과 외모의 상관관계

철학자들은 보통 사랑의 형태를 세 가지로 구분하곤 한다. 첫째는 '에로스(Eros)'이고 둘째는 '필리아(Philia)', 그리고 셋째가 '아가페(Agape)'다.

에로스는 감각적이고 본능적인 사랑을 가리키는 말이고 필리아는 정신적이고 인격적인 사랑, 더 쉽게 표현하여 '우애적(友愛的)인 사랑'을 가리키는 말이다. 그리고 아가페는 성스럽고 은총에 가득 찬 사랑을 가리킨다.

에로스에 대해서 가장 먼저 언급한 사람은 그리스의 플라톤이었다. 그는 에로스를 "인간의 마음속에서 홀연히 정열적인 모습으로 나타나 불가항력적으로 인간을 엄습하는

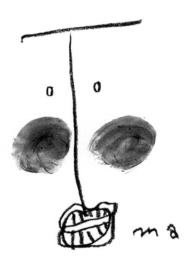

ma

172

본능적 사랑"으로 정의하고 있다.

　이 경우 에로스적 정열의 주된 대상은 '아름다움'이기 때문에 에로스적 사랑이 꼭 남녀 사이에만 해당되는 것은 아니다. 플라톤은 성숙한 남자와 젊은 청년 사이, 스승과 제자 사이의 정신적 일체감에서부터 남자끼리 육체적 애정표현을 추구하는 이른바 남색(男色)까지도 다 에로스 안에 포함시키고 있다.

　그러므로 '에로스'라는 말이 지니는 원래의 뜻은, 요즘 쓰이는 것처럼 '성애적 사랑'만을 가리키는 것이 아니라 '정신적 사랑'까지도 포함한다. 다만 에로스가 정신적 사랑으로까지 승화될 수 있는 근거가 '육체적 아름다움'에 있다는 점이 다를 뿐이다. 인간 육신의 아름다움이 지식과 덕(德)의 아름다움으로 발전할 수 있고, 그것은 더 나아가 영혼의 아름다움으로까지 승화될 수 있다는 것이 플라톤을 위시한 고대 그리스 철학자들의 공통된 생각이었다.

　'필리아'라는 말은 그리스어 '필로스(Philos)'에서 나왔다. 필로스는 친구라는 뜻이므로 필리아는 '우애'를 가리킨다고 볼 수 있다. 그러나 필리아는 좁은 의미에서의 우정보다는 좀 더 넓은 의미에서의 우정을 가리키는데, 즉 우리가 감각만으로는 감지해 낼 수 없는 정신적이고 인격적인 사랑이다.

필리아는 짐승들에게서는 찾아볼 수 없고 오직 인간의 '인격' 안에서만 계발될 수 있는 사랑이라고 한다. 그러므로 필리아는 단순한 동성끼리의 우정만을 가리키는 것이 아니라, 부모와 자식 간 그리고 형제간에 느낄 수 있는 가족애, 부부간에 존재하는 부부애 등을 아울러 포함하고 있다.

아가페는 주로 종교적인 의미로 사용되는데 신(神)이 인간에게 베풀어주는 한없는 은총을 의미한다. 인간 사이에서 아가페적 사랑이 가능하다면, 그것은 '무조건 주는 사랑'이거나 '헌신적인 사랑' 정도의 의미가 될 것이다.

우리는 지금까지 이 세 가지 형태의 사랑이 한데 융합되는 것이 가장 바람직한 사랑이라고 배워왔다. 부부애의 경우를 예로 든다면, 에로스적 정열에 바탕한 성애가 이루어지면서 그 위에 필리아적인 우애가 곁들여져야 하고, 더 나아가서는 아가페적 헌신으로까지 승화되어야 한다는 식이다.

그렇지만 우리가 에로스가 지닌 원래의 뜻을 다시 한 번 재음미해 본다면, 에로스 안에 이미 필리아나 아가페적인 요소가 함께 포함되어 있다는 것을 알 수 있을 것이다. 즉, 육체적 아름다움에 바탕한 '미적(美的) 숭경(崇敬)'이 바로 동성간이든 이성간이든, 그리고 신과 인간의 사이에서든 다 똑같이 적용되는 사랑의 본질인 셈이다.

아가페적 사랑이 아무리 숭고하고 정신적인 차원의 사랑이라고 하더라도, 우리는 종교예술을 통해서 아가페 안에 내포된 '미적(美的) 요소'를 많이 발견하게 된다. 불교에서는 관세음보살상을 지극히 화려하게 치장한 여인의 모습으로 만들고 있으며, 기독교에서는 성모 마리아의 초상이나 예수 그리스도의 초상을 될 수 있는 한 아름답게 그려내려고 애쓰고 있다.

그러므로 우리가 외로울 때 절이나 교회에 나가서 마음의 위안을 받게 되는 것은, 아가페적 사랑 그 자체만으로써가 아니라 에로스적 사랑이 더불어 충족되기 때문이라고 볼 수 있다.

교회에 젊은 여자들이 많이 나가는 것은 역시 이성으로서의 예수가 '아름답게' 느껴지기 때문일 것이다. 예수는 서른 세 살에 죽었기 때문에 '영원히 늙지 않는 미남 청년'의 이미지로 다가온다. 절 역시 마찬가지다. 석가모니는 여든 살에 죽었지만 석굴암을 비롯한 곳곳의 부처님상은 가장 건강하고 원숙한 육체미를 보여주고 있다.

필리아 역시 마찬가지다. 어찌 보면 필리아는 에로스의

한 형태에 지나지 않는다. 이른바 '플라토닉 러브'라는 것이 정신적 우애에 바탕을 둔 아름다운 미소년과의 동성애적 감정을 가리키는 것이라고 볼 때, 필리아 자체가 따로 독립해서 존재한다고 볼 수 없는 것이다. 아무리 부모 자식 간이나 형제간이라고 해도, 언제나 사랑의 바탕이 되는 것은 '육체적 아름다움'일 수밖에 없다.

내가 감명 깊게 읽은 우리나라 단편소설 가운데 황순원의 『별』이 있다. 『별』은 다른 소설가들이 별로 다루지 않고 기피하는 '인간의 외모' 문제를 주제로 삼고 있다. 『별』에 나오는 주인공 소년은 어머니가 일찍 돌아가셨는데, 늘 자기 어머니가 매우 아름다웠을 것이라고 상상하면서 외로움을 달랜다. 그리고 어머니는 아름다운 분이기 때문에 반드시 하늘의 별이 되었을 거라고 믿는 것이다.

그런데 그 소년의 누나는 안타깝게도 아주 못생긴 얼굴을 가졌다. 동네 사람들이 자기 누나의 얼굴이 죽은 엄마를 쏙 빼닮았다고 말하는 것을 듣게 된 순간부터, 소년의 내적 갈등은 시작된다. 자기는 엄마가 지고(至高)의 미(美)를 가진 여인이라고 확신해 왔는데, 엄마의 얼굴이 못생긴 누나의 얼굴과 같다는 얘기를 듣게 됐으니, 배신감에 의한 심각한 고뇌의 늪에 빠져버릴 수밖에 없었던 것이다.

그래서 소년은 착한 누나를 무조건 구박하기 시작한다. 소년의 누나는 정말로 고운 마음씨를 지녔기 때문에 남동생을 끔찍히 사랑해 주는데도 불구하고, 소년은 누나가 그저 죽이고 싶도록 밉기만 한 것이다. 누나는 결혼에도 실패하고 게다가 병까지 들어 이른 나이에 쓸쓸히 죽어간다. 그제서야 소년은 누나가 불쌍해져서 몇 방울의 눈물을 흘린다. 울다가 하늘을 쳐다보니 별들이 반짝거리고 있다. 소년은 착한 사람이 죽으면 하늘로 올라가 별이 된다고 믿고 있었다.

　그래서 소년은 누나는 착하게 살았기 때문에 틀림없이 별이 되었을 것이라고 우선 생각해 본다. 그러나 소년은 금세 고개를 절레절레 흔들며 생각을 바꿔버리는 것이다. 아무리 누나의 마음씨가 착했다고는 하지만, 원체 얼굴이 밉게 생겼기 때문에 별이 되지는 못했을 것이라고 생각을 고쳐먹는 것이다.

　그것은 돌아가신 어머니에 대한 소년의 한없는 사모의 정 때문이었다. 소년은 어머니의 얼굴이 누나의 얼굴과는 절대로 닮지 않았다고 확신하고 있었기 때문에, 아름다운 엄마별 옆에 못생긴 누나별이 끼어들어 간다는 것이 억울하게 여겨졌던 것이다.

단편소설 『별』은 인간의 마음속에서 에로스와 필리아, 그리고 아가페가 벌이는 상호간의 갈등을 잘 그려내고 있다.

누나와 동생 간의 우애가 필리아라면, 죽은 엄마에 대해서 소년이 느끼는 숭경심 섞인 사랑은 아가페에 가깝다. 그러나 궁극적인 아름다움을 동경하고 있던 소년은, 엄마에게 보내는 사랑을 단지 아가페적 사랑으로만 한정하지 않는다. 그것만으로는 무언가 허전했기 때문이다.

그래서 그는 거기에다가 에로스적인 사랑을 보태어 엄마가 지상 최고의 미인이었다고 믿는 것이다. 이러한 아름다운 미망(迷妄)이 소년에게 가능했던 이유는, 아주 어렸을 때 어머니가 돌아가셨기 때문에 그 육체적 외모의 실체를 파악할 수 없었기 때문일 것이다.

우리도 사실 이와 비슷한 감정을 경험하는 일이 많다. 지나간 사랑은 다 멋져 보이고 과거의 연인들이 아름답게 느껴지는 것이 그것이다.

요즘도 결혼한 기혼 남녀들 가운데는 첫사랑을 못 잊어하며 정신과 육체가 따로따로 노는 식의 이중적 결혼생활을 꾸려나가고 있는 이들이 많다고 한다. 만약 다시 그 첫사랑의 상대를 만나게 된다면 그런 환상은 쉽사리 깨질 수밖에 없다. 상대방이 늙어버려서가 아니라, 머릿속에서 한없이 아름답게 뻥튀기가 된 외모가 형편없이 사그라들 게 뻔하기 때문이다. 성모 마리아나 예수 그리스도가 성스러운 아름다움을 지녔다고 믿게 되는 것도, 그분들이 이미 2천 년 전에 타계한 사람들이기 때문일 것이다. 『별』에 나오는 소년이 누나를 끝까지 미워하는 것 역시 에로스와 필리아가 결합하지 못했기 때문이다. 만약에 소년의 어머니가 살아 있었다면, 남보다 감수성이 예민한 소년은 누나에게 느끼는 애증병존의 심리를 엄마에게서도 똑같이 경험했을 것이다. 모자지간의 사랑 역시 필리아의 영역에 속하기 때문이다.

그러므로 사랑에는 에로스밖에 없고, 필리아나 아가페는 인간이 에로스적 사랑을 달성하지 못했을 때 그 대용물로서 취하게 되는 자위적(自慰的) 성격의 사랑이라고 볼 수밖에 없다. 그렇지만 필리아나 아가페를 결코 소홀하게 여길 수 없는 것이, 그것들이라도 있어서 우리가 간신히 목숨을 연명해 갈 수 있기 때문이다.

그렇다면 에로스에 있어서 '성(性)'은 어느 만큼의 위치를 차지하고 있는 것일까? 플라톤은 '관능적 열정'이 에로스의 본질이라고 말하긴 했지만 성, 또는 성교의 중요성에 대해서는 별로 언급하지 않았다. 그대신 육체적 '아름다움'에 대해서만 강조했다. 그렇기 때문에 육체적 아름다움의 기준을 어디에 두어야 하며, 또 아름다움에 대한 절대적 기준이 있을 수 있는지에 대해 의문이 제기될 수밖에 없는 것이다.

물론 고대 그리스의 조각들을 보면 전체적으로 균형 잡힌 체격과 빼어난 미모가 두드러진다. 그러나 그 당시에 통용됐던 아름다움의 기준을 지금 그대로 적용시킬 수는 없을 것이다. 그렇지만 미의 기준이 조금 달라졌다고는 하더라도, 현대에도 역시 '아름다움' 그 자체는 존재할 수밖에 없다.

아무리 "얼굴보다 마음이 고와야 한다"고 외쳐댄다 하더라도, 우리는 연애 상대나 결혼 상대를 고를 때 우선 외모의 아름다움에다가 가장 큰 비중을 두게 되는 것이다. 물론 "제 눈의 안경"이라는 속담으로 마음의 위로를 받을 수는 있다. 그렇지만 '제 눈의 안경'도 '제 눈의 안경' 나름이지, 노트르담의 꼽추같이 못생긴 사람을 어떻게 선뜻 사랑할 수 있겠는가.

바로 이 문제 때문에 우리들의 고민이 시작되는 것이고, 그래서 내가 그 문제에 대한 안쓰러운 해결책으로서 '야한 아름다움'을 제시하게 된 것이다.

야한 아름다움의 본질은 어디에 있을까? 야(野)한 아름다움의 기본 바탕은 역시 '야한 마음'에 두어야 할 것이다. 그렇지만 외모 면으로만 볼 때는 역시 '섹시하게 한 화장'으로 상징되는 '인공미'가 야한 아름다움의 바탕이 될 수밖에 없다.

이건 절대로 거짓말이 아니다. 나의 경우 지금까지 연애해 본 여자들 가운데 조각같이 빼어난 미모를 가진 여성은 하나도 없었다. 물론 철없던 사춘기 시절에는 그런 여자가 아니면 절대로 연애나 결혼을 하지 않겠다고 다짐하곤 했었다. 그러나 실제에 있어서 그것은 절대로 불가능했다. 그런 여자 자체가 존재하지 않기 때문이었다. 그래서 나는 결국 간헐적으로 나를 '관능적으로 마취시키는 여자'들과 연애를 할 수밖에 없었던 것이다.

나를 관능적으로 마취시키는 여자들은 대부분 '냄새'의 이미지로 내게 다가왔던 것 같다. 덕지덕지 바른 화장품 냄새와 짙은 향수 냄새, 그리고 긴 손톱에 칠해져 있는 매니큐어 냄새가 언제나 나를 마취 또는 마비시켰고, 거기에 관능적 허기증이 상승작용을 불러일으켜 나를 정신없이 헷갈리게 했다. 그래서 나는 그때마다 사랑의 나락 속으로 빠져들곤 했던 것이다. 그러므로 노트르담의 꼽추같이 못생긴 극단적인 경우를 제외하고는 짙은 화장이 가져다주는 후각적 이미지와 시각적 이미지가 본래의 맨 얼굴에 첨가됐을 때, 나는 늘 상사병에 신음하며 미쳐 날뛰었다는 얘기가 된다.

플라톤이 말한 에로스에는 다분히 '이데아(Idea)'적인 요소가 많이 포함되어 있다. 말하자면 그는 비현실적이고 이상적인 미(美)의 기준을 말한 것에 불과하다.

그러므로 우리는 에로스적 아름다움을 '관능적 마취를 가능하게 하는 최음적(催淫的) 화장 또는 치장'의 뜻으로 받아들이는 편이 차라리 낫다는 생각이 든다. '최음적'이라는 말에 너무 거부반응을 표시하면 곤란하다. 나는 마약이 아닌 한, 우리의 덧없는 인생과 부족한 아름다움과 식어가는 열정을 북돋워주기 위해서, 수단 방법을 가리지 말고 인공적 보조장치를 확보할 필요가 있다고 본다.

내 책의 애독자 중에 미국의 샌프란시스코에 사는 교포인 L씨가 있다. L씨는 마흔 살쯤 된 가정주부인데, 내가 쓴 소설 『권태』를 읽고 무척이나 큰 감동을 받았다는 편지를 보내왔다.

그리고 계속 나와 편지 왕래를 하고 있는데, 최근에는 편지에 자기와 남편이 함께 알몸으로 찍은 사진을 동봉해 왔다. L씨의 외모는 평범 그 자체였고, 미국인인 그녀의 남편 역시 그랬다. 그런데 내가 놀란 것은, 두 사람의 온몸이 온통 문신(紋身) 자국으로 뒤덮여 있다는 사실이었다. L씨는 자기와 남편이 그로테스크하게 문신한 몸뚱이를 보면 관능적 흥분을 일으키는 체질이기 때문에 각자 문신을 했다고 썼다. 또 그것이 재미나서 최근엔 아예 문신 가게(Tattoo Studio)까지 하나 차려서 경영하고 있다는 것이었다.

그 다음 편지에도 한 장의 사진을 동봉해서 보냈는데, 그것은 자기가 긴 모조손톱을 직접 붙이고 찍은 사진이었다. 아마도 내가 긴 손톱에 미쳐 있다는 것을 소설을 통해서 익히 알고 있었기 때문일 것이다. 편지에는 소설에서 내가 무지무지하게 긴 손톱을 가진 여자를 못 만나 안달복달하며 외로워하는 것을 보고, 나를 위로하기 위해 10센티미터쯤 되는 긴 인조손톱을 붙이고 찍은 사진을 보내준다는 사연이 쓰여 있었다. 나는 L씨의 우정(필리아?)이 무척이나 고맙게 느껴졌다.

필리아도 아가페도 모두 다 에로스에 기초한다. 그러나 진짜 완벽한 에로스는 절대로 불가능하다. 우리는 에로스적 만족을 관능적인 치장에 의해 간신히 공급받을 수밖에 없는 숙명을 타고난 존재인 것이다.

제13장
사랑과 결혼의 연결 문제

1.

    텔레비전 드라마를 보면, 40, 50대 남녀의 바람기 또는 외도(外道)를 소재로 하여 만들어지는 것이 많다. 예전에 안방의 인기를 독차지했던 『드라마 게임』이란 프로그램은 그 내용의 거의 전부가 기혼 남녀의 외도 문제였다. 경제 형편이 전보다 조금 나아지게 되면서, 도시 중산층 부부들에게 밀려오는 것은 기존의 가족제도에 대한 염증과 판에 박힌 듯 되풀이되는 결혼생활에 대한 권태감이다. 그래서 이제 우리나라의 이혼율이 35퍼센트 이상이나 되게 되었고 독신

남녀도 점점 늘어나는 추세에 있다.

경제학자들의 견해에 의하면, 이러한 현상은 우리나라가 아직 어설픈 중진국 수준에 머물러 있기 때문에 발생한다고 한다. 개인당 국민소득이 3만 5천 달러 정도가 되면 선진국 수준에 도달한 것이기 때문에, 요즘 우리나라와 같은 과도기적 현상이 나타나지 않는다는 것이다. 그때가 되면 이혼율이 50퍼센트를 넘어서게 되어 '이혼' 자체에 대한 죄의식이나 사회적 편견이 없어지게 되고, 간통죄 역시 아무런 의미가 없게 되어 자연스러운 혼외정사가 이루어진다(혼외정사가 무조건 좋다는 의미는 절대로 아니다). 그리고 지금처럼 여자들이 경제적 자립을 하지 못해 억지로 남자에게 매달려 살아간다거나, 중매결혼을 해서라도 혼기에 맞춰 시집을 가려고 안달복달하는 현상도 사라진다.

또 당당한 미혼모, 즉 독신주의를 고수하면서도 아이를 낳아 기르는 것에서 모성애적 보람을 찾는 여성들이 늘어난다. 독신 남녀의 양자 입양이 늘어날 것은 물론이다. 혼전의 순결을 지나치게 중시하는 풍조도 사라지고, 피임약의 개방적 보급과 함께 각자의 자유로운 기호에 따른 다양한 성생활이 보장된다. 또한 에로티시즘 예술에 대한 각종의 금제(禁制)가 풀리게 되는 것은 물론이어서 섹스 숍(sex shop) 등이 허가되어 성(性) 관계 산업이 발전하게 된다. 그때가 되면 성(性)은 이제 '숨어서 하는 것'이 아니라 당연한 '생활의 일부'로 편입되게 되는 것이다.

그러나 지금 우리나라의 국민소득은 2만 달러 수준이다. 게다가 빈부간의 격차도 크다. 그러니 전통적 성윤리와 새로운 성윤리가 한데 맞부딪쳐 여러 가지 과도기적 혼란과 모순을 초래하지 않을 수 없다. 이슬람교 국가를 빼고는 어느 나라에서도 유례를 찾아볼 수 없는 '간통죄'라는 것을 없애는 데도 이러쿵저러쿵 말들이 많고, 포르노 비디오 하나만 가지고서도 눈에 핏발을 세워가며 '망국 풍조'라고 개탄하는 이들이 많다. 화장 많이 한 '야한 여자'가 화장 안 한 여자보다 좋다는 말 한마디 했다고 해서 매스컴이 시끄럽게 야단치고 여성단체에서 들고 일어나는 우스꽝스러운 해프닝이 벌어졌던 나의 케이스 역시 이러한 과도기적 혼란 현상의 좋은 예라 할 만하다.

그런데 문제는 이런 혼돈된 가치관의 와중에서 손해 보거나 희생되는 사람들이 꽤나 많다는 것이다. 아예 지금이 조선시대처럼 봉건적 이데올로기 시대라면 모르겠으되, 겉으로는 '개방적 자유주의'를 부르짖으면서 속으로는 수구적 엄격주의의 윤리관을 그대로 고수하고 있는 사람들이 사회

188

의 문화적 상층부에 자리 잡고 있는 현재의 우리나라 상황은, 많은 젊은이들과 30, 40대의 남녀들을 울려놓는다. 그 결과로 생겨나는 것이 바로 청소년 성범죄의 증가요, 중고교생 자살자의 증가, 그리고 신혼 이혼율의 증가, 10대 미혼모의 증가(동시에 '버려지는 갓난아이'의 증가), 기혼 남녀들이 갖고 있는 '권태성 우울증'의 증가 등인 것이다. 40, 50대 전후 기혼 남녀의 외도나 춤바람 등의 문제 역시 '권태성 우울증'의 현상 안에 포함됨은 물론이다.

　내가 요즘 만나는 옛 제자들은 대개 중년의 나이인데, 만나서 술을 마시다 취하고 나면 하나같이 우울한 부부생활을 하소연하곤 한다. 처음에는 집 장만하랴, 승진하랴, 아이 낳아 기르랴 하는 통에 별로 갈등을 느낄 틈이 없었지만, 이제 어느 정도 자리가 잡히고 나니 도무지 세상 사는 재미를 못 느끼겠다는 것이다. 집에 일찍 들어가 봤자 마누라에게 애틋한 정이 샘솟듯 솟아나는 것도 아니고, 또 그럴 시간도 없다. 아이들이 아귀같이 달려들어 이런저런 건수(件數)로 졸라대기 때문이다. 아이가 하나만 있다고 해서 사정이 달라지는 것은 아니다. 또 마누라가 요즘에 와서 은근히 색(色)을 밝히는 통에 영 피곤해서 죽겠다고 호소하는 친구도 있다. 그러다 보니 이 핑계 저 핑계로 저녁 늦은 시간까지

술 마시다 귀가해서 곧바로 잠자리에 드는 게 상책이라는 것이다. 물론 마누라의 바가지가 따르기는 하지만 그까짓 것쯤은 그냥 참아 넘길 만하다고 했다.

옛 여자 제자들도 만날 기회가 있는데, 그네들 역시 남자 제자들과 별로 다를 게 없다. 한마디로 "나는 뭐냐?"는 게 그네들의 공통된 불만이다. 아이들 뒤치다꺼리하기도 이젠 귀찮고, 남편 바람 피우는 것 보기도 역겹다. 그렇다고 남편이 바람을 안 피운다고 해서 사정이 쉽사리 호전될 것 같지도 않다. 실제로 바람을 피우건 안 피우건 이미 부부 각자의 마음속에는 '바람기'가 슬슬 스며들기 시작했기 때문이다.

'권태성 우울증'을 느끼는 것은 여자 역시 마찬가지인 것 같았다. 남편이 돈이라도 많이 벌어오면 실컷 사치라도 해 가며 스트레스를 풀 수 있을 것 같은데, 그럴 형편도 못 되니 차츰 늘어나는 것은 잃어버린 청춘에 대한 회한이요 늙어가는 자신의 외모에 대한 열등감뿐이라는 것이었다.

나는 이러한 모든 고민의 근본적인 원인이 결국은 기존의 '가부장적 가족주의'에 있다고 생각한다. 그래서 거기에 대한 회의와 갈등이 무분별한 외도와 성적 일탈행위(逸脫行爲)를 부채질하고 있는 것이다. 가부장적 가족주의라고 해도 예전 같은 대가족주의 가정이라면 집안일이 많아서라도 다른 잡념이 없어질 수 있을 터인데, 요즘의 가족제도는 대가족주의가 아니라 '가부장적 핵가족주의'이기 때문에 더욱 문제가 있다. 현대의 가부장적 핵가족제도의 실상을 꼼꼼히 들여다보면, 남편은 '돈을 벌어오는 사람'이고, 가족의 다른 구성원들은 모두 다 그에게 의존하고 있는 사람들이다. 가사노동을 하고 성적(性的) 쾌락을 제공하고 출산하고 육아하는 아내의 봉사에 대한 보답으로서, 남편은 아내를 '책임'지는 데 동의한다. 대신에 그녀가 '그를 위해서' 낳은 자식들은 그에게 의존적이고 자식들에 대한 아버지의 권리는 절대적인 것이다.

아버지의 의무는 그가 속한 사회계층이 어디든지 간에, 자녀들이 그 정도의 계층에서 자리를 잡고 살아갈 수 있도록 그들의 성격을 형성시키고 그들을 먹여 살리고 교육시키는 것이다. 처자식을 먹여 살리는 데에 그의 온 생애를 바치는 아버지들은, 그 헌신적 노역에 대한 보상으로 무지막지한 권력을 집안에서 휘두를 것을 '희망'한다(실제로는 가부장의 권력이 차츰 허물어져 가고 있다). 그래서 가정 안 행복의 책임 및 공로는 오직 아버지에게로만 돌아간다. 그가 만약 친절한 아버지가 아니라면(대부분의 아버지들은 오직 돈을 벌기 위해서 일하는 그들의 직장생활에서 자존심과 명

예를 훼손당하기 쉽기 때문에, 가정에서까지 자상하고 친절하고 온화한 아버지가 되는 것이 쉽지 않다) 아내나 아이들의 '운(運)'이 나쁜 것이다.

대가족제도라면 할아버지나 할머니가 있겠지만 핵가족제도하의 아이들은 성장할 때까지 아버지의 지배를 피할 수 없고, 그런 아버지의 폭력에 휘둘리는 어머니가 겪는 고통에 대한 혐오감을 감출 수 없게 된다. 이러한 성장배경을 통해 심리적으로 억압되고 왜곡된 성격이 형성되어 버린 아이들은, 이제 자기의 부모가 겪은 과정을 반복할 준비가 되었을 때, 즉 혼기에 이르렀을 때, 그들의 잠재의식 측면에서 결혼을 거부하게 되기에 이르는 것이다.

그러나 그들도 결국 성적(性的) 외로움을 견디다 못해 결혼이라는 도피수단을 선택하게 되는데, 비뚤어진 가족관에 기초한 결혼이 결국 우울하고 짜증 나는 결혼생활로 이어질 것은 이미 예정된 것이나 다름없다. 그래서 요즘의 30, 40대 기혼 남녀들이, 결혼과 가족제도에 대해 긍정적인 측면보다 염증과 회의만 느끼게 되는 것은 도저히 피할 수 없는 기정사실이라 하겠다.

그래서 40, 50대가 되면 그들은 남녀를 불문하고 다음과 같은 생각에 빠져들기 쉽다. "나는 일반적인 의미에서의 결혼생활을 더 이상 하지 않겠다. 남편(또는 아내)은 이제 나에게 별 의미가 없다. 나는 어떻게 해서라도, 즉 이중적 생활 패턴을 통해서라도 나의 잃어버린 '주체적 자아(自我)'를 보상받을 것이다. 취미활동으로든, 외도로든, 자식에 대한 과보호적 군림으로서든, 아니면 사치와 낭비로서든."

현재의 결혼제도, 특히나 소위 '마담 뚜'라고 불리는 사람들에 의해 손쉽게 짝지어지는 중매결혼이 아주 당연한 듯 성행하고 있는 결혼풍습에서는, 결혼은 단지 '포장된 매춘'의 성격을 지닐 수밖에 없다. 혼수문제 때문에 빚어지는 트러블들이 많고, 심지어 그것 때문에 이혼까지 가게 되는 경우가 생기는 것이 바로 좋은 증거다. 혼수문제라든가, 결혼 당사자의 학벌, 집안, 재산 정도 등의 '조건'에 의한 결합이라는 데도 문제가 있지만, 보다 더 심각한 것은 현재의 결혼제도가 '성욕의 합법적 배설 통로' 역할을 하고 있다는 점에 있다.

돈을 벌어다 주어 의식주를 해결해 주는 남편에게 가사노동과 함께 성을 제공하는 아내의 행위가, 법적으로 보장된, 즉 '합법적 수수관계(授受關係)로서의 제도적 포장과 위선에 둘러싸인 매춘행위'라는 데에, 현재 우리나라의 결혼제도의 문제점과 위험성이 있다. 그렇기 때문에 결혼 적령기가 되는 처녀들에게는 '외모의 아름다움'과 '성적(性的) 순결함', 그리고 '온순과 복종의 미덕'이 요구되고, 그러한 상품가치에 걸맞은 여자라면 '안락한 결혼생활'이 절대로 보장되는 것처럼 세뇌되고 선전된다. 어찌 보면 이것은 자본주의 사회에서는 도저히 피할 수 없는 관행(慣行)이라고 체념할 수밖에 없을지도 모른다.

그러나 문제는 중년기의 부부다. 젊고 싱싱한 아내일 때는 남편과 동등한 권력관계에 서 있을 수 있으나, 45세 전후의 나이가 되면 여자들은 그 외모가 쭈글쭈글 늙어 초라해지고(적어도 본인이 그렇다고 느끼게 되고), 남편에 대한 권한은 갈수록 왜소해지게 된다. 싱싱하고 젊은 연계(軟鷄) 상태로서의 매춘부(앞으로는 성 노동자라고 부르자)가 훨씬 더 많은 값을 받을 수 있다는 것과 같은 논리에서다. 그래서 중년기의 여성은 초라한 자신에 대해 신경질적인 반응을 나타내게 되고, 끊임없이 누군가에게 자신의 '깃발 날리던 시절'에 대해 자랑을 늘어놓게 된다. 그와 동시에 자신의 그 화려한 나날들을 박탈해 가버린 원수 같은 남편과 찰거머리 같은 자식에 대한 적대감과 원통함에 휩싸여, 히스테릭한 정신 상태로 우울한 나날을 보내게 되는 것이다.

194

그래서 자기의 딸만은 자기처럼 되지 않기를 바라게 되어 "넌 절대 시집가지 마라", "외국유학 갔다 와서 여류(女流)로 출세해라"는 등의 강압을 딸에게 쏟아붓게 되는 경우도 생긴다. 자기의 딸을 여류명사로 출세시키려는 어머니들의 욕망이, 제때에 맞춰 곱게 시집보내려는 욕망만큼이나 커진 게 요즘의 현실인 것 같다.

자기의 딸을 '좋은 어머니'가 되게 하려는 것보다 '높은 사회적 지위'에 오르도록 하려고 애쓰는 어머니들이 늘어나고 있다는 것은, 어찌 보면 과거의 여성들이 갖고 있던 '신데렐라 콤플렉스'가 점차 감소되고 있는 증거라고도 볼 수 있겠다. 그러나 그러한 심리적 변화의 이면에 남성에 대한 뿌리 깊은 적개심이 자리잡고 있다는 것이 문제다. 처음에는 독신녀로 늙는 한이 있더라도 일단 출세하고 보자는 의도에서 출발했다가, 나중에는 "이왕이면 다홍치마"라고 출세한 뒤에 걸맞은 신랑을 만나 '명사 부부'가 되고 남편의 외조도 받는 게 더 낫다는 쪽으로 생각이 바뀌게 되기 때문이다. 그렇게 해서 이루어진 가정은 겉보기엔 화려하고 번듯해서 '남 보라고' 살기엔 좋을지 모르지만, 본인이나 자식들은 또 다른 심리적 갈등과 고통을 겪게 되는 것이다.

그렇다면 문제의 해결책은 어디에 있을까? 당장 뾰족한 수가 있는 것은 아니다. 앞서 말했다시피 지금 우리들이 처해 있는 경제적, 사회적 여건이 과도기적 상태에 머물러 있기 때문이다. 그러나 아무리 경제적, 사회적 여건이 중요하다고 하더라도 그것이 각 개인의 '심리적' 상태를 완전히 결정짓는 것은 아니다. 나는 적어도 개인의 심리적 상태가 집단적 사회의 여러 조건들과 맞설 수 있을 만한 내재적 가능성을 지니고 있다고 믿는다. 그렇기 때문에 각 시대마다 기존의 사회적 도덕률이나 가치관에 전혀 부합될 수 없는 예술적 '천재' 또는 '광인(狂人)'들이 생겨날 수 있었던 것이며, 또한 그들이 어느 정도 사회적으로 용인(容認)받는 생활을 누리는 것이 가능하기도 했던 것이다.

어디까지나 선택은 개인에게 달려 있다. '이미 늦었다'고 생각하면 안 된다. '지금'이야말로 가장 중요한 순간이다. 우리가 살아나가는 시간은 '영원한 지금'일 뿐, 과거도 미래도 없다. 그렇기 때문에 죽기 직전에 개종(改宗)하는 사람도 있고 환갑이 넘어 이혼하는 부부도 있는 것이다.

우선 '남 보라고' 또는 '남을 위해서' 살아가야만 한다는 생각을 버려라. 나밖에 없다. 오직 나뿐이다. 불교식으로 말한다면 "천상천하 유아독존(天上天下 唯我獨尊)"이다.

석가모니는 그의 아버지에게는 불효자였고 처자식들에게는 가정을 버리고 떠난 배반자였다. 예수 그리스도 역시 그의 형제들한테는 '저 혼자 잘났다고 설쳐대는 미친 놈'이었다. 또 당시 사회의 종교적 분위기나 도덕률로 봐서도, 두 사람은 모두 다 전통에 대한 이단자요 건방진 배교자(背教者)였다.

　'나'의 주체성을 확립시키지 않고서는 '남'도 없고 '우리'도 없다. '이타주의'란 '이기주의'의 반대말이 아니다. '극단적 이기주의'와 상통하는 말일 뿐이다. 우리들 각자는 이기주의자가 아닌 '개인주의자'가 되어야만 한다. 일단 '당당한 자기'를 확립할 수 있을 때, 거기서 오히려 참된 부부의 애정도 생겨나고 자식에 대한 모성애나 부성애도 되살아난다. 옛말 그대로 '부부유별(夫婦有別)'이 되어야 할 것은 물론 '부자유별(父子有別)' 또는 '모자유별(母子有別)'이 되어야만, 가족 구성원들은 각자의 진정한 나르시시즘의 토대 위에서 개인적 성취감의 기쁨을 맛볼 수 있는 것이다. 이러한 가치관이 확립될 수 있을 때, 여타의 지엽적 문제들은 자연스럽게 해소될 수 있다.

2.

나는 대학시절부터 상징이론에 대해 관심이 많았다. 아마도 어렸을 때 동화책을 유난히 많이 읽었고, 나이가 먹어서까지도 황당무계하고 비현실적인 이야기들을 통해서 내 관능적 상상력을 충족시키는 것에 맛을 들였기 때문일 것이다.

동화적이고 비현실적인 내용의 이야기들은 대개 상징적 모티프를 기반으로 하여 쓰이는 것이 보통인데, 환상적인 이야기를 그저 재미로만 읽기보다는 그 속에 숨어 있는 인간 욕구의 잠재의식적 패턴을 밝혀보는 것은 퍽 흥미로운 작업이었다. 이를테면 우리는 신데렐라 이야기에서 '신데렐라 콤플렉스'의 원형을 발견할 수 있고, 심청 이야기 가운데 특히 바닷물에 빠져드는 대목을 통해 '자궁회귀본능'의 원형을 추출해 낼 수가 있다.

자궁 속은 양수로 가득 찬 곳이어서 바닷속과 비슷한 이미지를 가진다. 자궁 속에 있을 때 우리는 가장 행복하고 안락했었다. 그렇기 때문에 심청은 바닷물 속으로 회귀해 들어간 다음에 지상(至上)의 쾌락이 보장되는 용궁에서의 생활을 즐길 수 있었던 것이다.

상징의 원형에 대해 공부하다 보니, 우리가 무심코 내뱉는 말이나 쓰는 글들을 통해서 우리는 은연중에 상징적 예시(豫視)의 능력을 발휘하고 있다는 것을 알게 되었다. 인간은 문명생활을 통해 원래 본능적으로 가지고 태어난 '예지(豫知) 본능'을 상실해 버렸다. 그러나 동물들은 그렇지 않다. 지진을 지진 예측기보다 더 정확하게 예보해 주는 것이 개들이고, 난파할 배에는 쥐가 한 마리도 없다는 사실 등으로 미루어볼 때, 모든 동물들은 그 스스로가 다 예언자요 무당의 역할을 한다는 것을 알 수 있다.

　인간 역시 원시시대에는 그런 예지 본능을 잘 활용할 수 있었을 것이다. 그러나 현대에 이를수록 과학적이고 수리적(數理的)인 사고방식 때문에 동물적 본성으로서의 예지 능력을 상실해 버렸다. 그래서 현대인들은 아주 무심 중에 내뱉는 말이나 글을 통해 무의식 속에 담겨 있는 예지 본능을 밖으로 이끌어낸다. 예로부터 말이 씨가 된다고 하여 허튼 소리를 경계해 온 것은 아마 이런 이유에서일 것이다.

　그건 그렇고, 아무튼 그래서 나는 내가 무심코 쓴 시의 내용이 나중에 실제로 맞아떨어지게 되는 경우를 많이 경험하였다. 물론 시의 내용은 대개 상징적인 것인데 그것이 연역적으로 작용하여 내 실제 인생행로를 바꿔놓은 것이다. 아니 원래부터 내가 그렇게 되기로 운명 지어져 있던 것이 시를 통해 상징적으로 미리 나타났는지도 모를 일이다.

　그래서 내가 쓴 시 가운데 아직도 가장 인상 깊은 것은 1977년에 쓴 「당세풍(當世風)의 결혼」이란 작품이다. 이 시는 같은 해 『현대문학』에 발표된 내 데뷔작 6편 가운데 끼었던 것인데, 시집 『가자, 장미여관으로』에 수록할 때는 발표년도를 기록하지 않았다. 그래서 그 시를 읽은 사람들마다 「당세풍의 결혼」이 내 결혼생활을 통한 직접 경험을 토대로 쓰인 작품으로 오해하는 경우가 많았다.

　하지만 「당세풍의 결혼」은 내가 아직 싱싱했던 총각시절에 친구의 결혼식에 가서 보고 느낀 경험을 토대로 하여 만들어본 작품이다. 그때 나는 스물 여섯 살이었고, 그 친구는 서른 살 연세대 국문학과 동기생이었다. 나는 그 결혼식의 사회까지 맡았었는데, 그때까지만 해도 나는 결혼에 시큰둥해 있던 시절이어서 그 결혼식장에서 얻은 인스피레이션을 가지고 즉흥적으로 시를 한 편 만들어본 것이었다. 시 「당세풍의 결혼」의 전문(全文)은 이렇다.

　여러 해 동안 내 마음은 흔들려 왔다
　겁 많은 희망도, 옹졸한 절망도 만나 왔다

200

한껏 명목뿐인 죽음과도 만나 왔다

이젠 힘주어 시끄럽게 짖어도 보겠다
허우적허우적 신나게 춤도 추어 보겠다
오묘한 생활의 섭리도, 밤의 진리도 만나 보겠다
안도(安堵)도 단란(團欒)도 만나 보겠다

이젠 사치스런 반항도 폭음도 없다
대견스런 사주팔자,
과로한 아부(阿附)의 순간들만 있다

곧 쓰러지게 되리라
모든 습관처럼, 본능처럼
잠깐은 신났던 저번의 사랑처럼
행복으로 빛나던
짧은 예감처럼

　이 시의 주제는 말하자면 결혼이란 결국 청춘의 자포자기
적 포기이며, 관습적이고 권태로운 애정생활이 될 줄 뻔히
알면서도 뛰어들게 되는 '단말마적 몸부림'이라는 것이다.

결국 쓰러지게 될 줄을 뻔히 알면서도, 철부지 방황과 치기 (稚氣) 어린 야심에 지나치게 부대낀 나머지 찾아들게 되는 어정쩡한 안식처가 바로 가정이라는 감옥이라는 것을, 이 작품은 상징적으로 설파해 대고 있다.

그러나 아무리 내가 이따위 건방진 시를 썼다 한들 무엇 하겠는가. 이 작품을 쓴 지 8년 뒤에 나도 결국은 결혼이라 는 감옥을 자청하고 말았다. 그래서 지금의 나는 결혼이야 말로 진짜 '필요악'이라는 표현이 딱 어울리는 통과의례라 고 생각하게 되었다.

우리들을 결혼이라는 굴레 속으로 몰고 가는 요인에는 여 러 가지가 있다. 우선 참을 수 없는 외로움(또는 성욕)이 그 첫째이겠고 그 다음은 인생 자체에서 느껴지는 허무감과 불 안감이 둘째일 것이다. 여자의 경우에는 좀 치사한 이유가 되겠지만 경제적으로 자립할 자신이 없다는 무력감이 거기 에 한몫 끼어들지도 모른다.

현재의 나로서는 꼭 결혼을 하라고 권할 수도 없고 그렇 다고 절대로 결혼하지 말라고 뜯어말릴 수도 없는 입장이 다. 그렇지만 결혼에 지나친 기대감을 갖지 말라고 말할 수 는 있다.

지금 우리가 살고 있는 시대는 여러 가지로 과도기적 성격을 띠고 있다. 성해방도 그렇고 결혼제도도 그렇다. 옛날처럼 차라리 '혼전순결'이나 '여필종부(女必從夫)'가 확고부동한 원칙으로 자리 잡고 있다면 더 나을지도 모른다.

하지만 지금은 혼전순결에 대한 생각도 각자 개인에 따라 다르고 여필종부 같은 덕목 역시 그렇다. 모든 것을 다 나 스스로 알아서 적당히 처리해야만 하는 것이다. 그러므로 이럴 때 믿을 수 있는 충고자는 오직 나 자신일 수밖에 없다. 나는 노총각 시절에 주변의 친구들이나 어른들의 충고에 많이 속았다. 물론 진심으로 우러나오는 충고였으나 지금 생각해 보니 인간은 어느 누구나 똑같은 인생관이나 결혼관을 갖고서 살아갈 수는 없다는 사실을 깨닫게 되었다.

여자에겐 꼭 모성애가 있는 것도 아니고 가족의 단란함이 반드시 남자들을 위무(慰撫)해 주는 것도 아니다. 단지 우리들은 몸이 극도로 쇠약할 때나 나이를 먹어 늙어버렸을 때만 가족을 필요로 한다. 그럴 때 남자라면 간호사 같은 마누라를 원하게 되고 여자는 충직한 보디가드 같은 남편을 원하게 된다.

늙은 뒤에 자식들한테서 효도를 받아보겠다는 생각은 아예 버리는 편이 낫다. 아마도 요즘 추세대로 나간다면, 20-30년 후 우리는 자식이 있건 없건 간에 모두 다 양로원(물론 시설로는 호화판 양로원이 될 가능성도 있다) 신세를 지게 되고 말 것이다.

성문제만 해도 그렇다. 섹스에 대한 홍보물이나 예술작품들, 그리고 다양한 자위기구들이 더욱더 발달할 것이 분명하므로 미래의 남녀들은 부부간에 벌이는 상투적인 섹스에 신물이 나 할 게 틀림없다.

지금까지 상투적 섹스에서 오는 허탈감을 위로해 준 것은 자식 기르는 보람이었는데, 섹스가 종족보존의 본능과는 무관한 비생식적 섹스 쪽으로 발달해 갈 때, 첨단문명의 혜택으로 인해 더욱더 허약해져 갈 것이 분명한 도시인들은 기존의 삽입성교에 진저리를 치게 되고 말 것이다.

이러한 급격한 성문화 패턴의 변화는 아주 멀고 먼 미래의 일이 아니다. 동구권 공산국가들이 몰락한 이후, 미칠 듯이 자유화를 부르짖어 가는 요즘의 추세를 보라. 동유럽의 여러 나라들에서는 이른바 '퇴폐문화'가 범람하게 될 것이고 러시아에서도 곧 스트립 쇼가 횡행하게 될것이다.

그러므로 우리는 십 년 뒤를 내다볼 줄 아는 혜안(慧眼)을 길러야만 한다. 특히 여성의 경우, 여성해방운동의 결과로 앞으로는 점점 더 사회생활에서 유리한 고지를 점령하게 될 것이 분명하다. 따라서 현재로는 아무래도 신데렐라 콤플렉스에 기인할 수밖에 없는 결혼에 대한 욕망을 잠깐 재고해 볼 필요가 있다.

신부가 되는 것이 꼭 결혼식장에서만 가능한 것은 아니다. 매일같이 신부화장처럼 짙고 야하게 꾸미고 다니면 되지 많을까? 이 세상의 모든 남자들을 다 '내 서방'이라고 생각하며 일처다부제 식의 관능적 판타지에 젖어 살아갈 수 있다면, 여자들은 누구나 모두 영원한 신부, 영원한 스타가 될 수 있다.

'당세풍의 결혼', 즉 요즘 풍속대로 하는 결혼을 나는 뜯어말리고 싶다. 독자 여러분들은 다 '미래풍(未來風)의 결혼'을 하도록 하라. 미래풍의 결혼이란 다시 말해서 일체의 법적 절차를 초월한 결혼, 영원히 한 사람만을 사랑하겠다고 새빨간 거짓말로 맹세하지 않는 결혼, 나아가서는 수없이 많은 숫자의 남편(또는 아내)들을 나의 상상력 속에서 가지고 노는 결혼이다.

우리는 다 꽃이다. 꽃은 당당하게도 그 안에 암술과 수술을 한꺼번에 가지고 있다는 사실을 다시 한 번 상기해 주기 바란다.

제14장
'정신'은 최고의 성감대

성생활의 기법에 대해서 가르치는 책들을 보면 '성감대'에 관해서 상세히 설명해 놓은 경우가 많다. 성적(性的) 흥분과 자극을 느끼는 말초적 부분을 성감대라고 하는데, 남성의 경우에는 외부 생식기 쪽이 중심이 되고, 여성의 경우에는 생식기 이외에도 인체의 여러 부분에 성감대가 퍼져 있다는 것이 정설로 되어 있다. 특히 거의 모든 성의학 서적마다 특별히 강조하고 있는 것은 여성의 성감대에 관해서다.

"남성들이여, 여성의 성감대가 생식기 부근에만 있다고 단정하지 말라. 여성의 성감대는 여러 곳에 있다. 입술, 유

방, 목, 귀, 겨드랑이, 장딴지, 발 등이 다 성감대이므로 그런 곳들을 고르게 공격하는 것이 좋다"는 식의 충고가 반드시 곁들여지는 것이 지금까지의 상투적 처방인 것 같다.

이것은 남성의 경우에 있어서도 마찬가지다. 여자보다는 그 범위가 훨씬 축소되지만, 페니스의 밑부분보다는 귀두 부분에 성감대가 몰려 있다느니, 고환의 표피도 성감대가 될 수 있다느니 하는 식으로 남녀간의 애무에 있어 성감대 활용의 중요성을 강조하고 있다. 특히 연인이나 부부간의 성생활에 대해서 이야기하고 있는 글들을 보면, 권태로운 성생활을 극복하기 위해서는 생식기 이외의 새로운 성감대를 많이 응용하라고 가르친다.

그러나 이러한 충고들은 사실 사랑의 본질, 성애(性愛)의 본질을 잘 모르고서 하는 말들인 것 같다. 성감대는 육체에만 있는 것이 아니라 '정신'에도 있다. 이른바 '성적(性的) 흥분'이라고 하는 것을 야기하는 것은 모두 정신적인 활동에 의해서이지, 성감대를 만져주었다고 해서 급작스레 성적 흥분이 시작되는 것은 아닌 것이다. 이것은 우리가 상식으로 생각해 보아도 금방 알 수 있는 사실이다.

어떤 여성이 그녀가 아주 싫어하는 상대와 억지로 마지못해 만나 불가피한 육체관계를 갖게 되었다고 하자. 상대방 남자가 능수능란한 플레이 보이의 기술을 발휘하여 여자의 성감대를 정확하게 찾아내 애무해 준다고 해서, 그녀에게 금방 성적 흥분이 찾아올 수 있을까? 오히려 그 남자가 더욱 징그럽고 무섭다는 생각만 들 것이다.

흉기를 쓰거나 마취제를 쓰지 않는 한 순수한 '강간'은 어렵고, 그래서 대개의 강간은 결국 얼떨결에라도 어떤 정신적 메커니즘에 의한 성적 흥분에서 비롯되는 '화간(和姦)'에 속한다고 보는 것은 바로 이러한 이유 때문이다. 많은 남성들을 괴롭히는 '임포텐츠(발기불능)'나 많은 여성들을 고민하게 하는 '불감증' 같은 것들은, 거의가 육체적인 데 원인이 있다기보다는 정신적인 데 원인이 있다는 사실은 이미 누구에게나 알려진 사실이다.

현대인들을 괴롭히는 대부분의 질병들이 모두 신경성 질환이거나 정신이 원인이 되어 육체의 병이 생기는 정신신체증(精神身體症)인 것과 마찬가지로, 성적인 불감증이나 결벽증, 또는 발기불능이나 조루증 같은 것들은 대개 정신적인 원인에서 오는 것이라고 대부분의 의사들은 강조하고 있다.

그러나 내가 그러한 글들을 읽으면서 느낀 것은, 그런 내용의 글들일수록 진짜 핵심적인 부분을 놓치고 있다는 사실이었다. 즉, 성감대의 범주 안에는 보고 듣고 냄새 맡고 맛보고 접촉해서 얻어지는 다섯 가지 감각 이외에도, '성적(性的) 상상력'에 의한 정신적 흥분과 자극이 더욱 큰 비중을 차지한다는 사실이다. 그러므로 성감대는 '정신이 이끄는 전신(全身)'이라고 할 수 있다.

특히 인간에게는 육체적 자극보다도 정신적 자극이 더 관능적 흥분을 유발시킨다고 볼 수 있다. 그 까닭은 인간이 다른 동물들과는 달리 생각하는 동물이요, 상상과 환상을 즐기는 동물이기 때문이다.

창조적인 인간은 어린아이다운 순진성을 가지고 환상의 세계와 현실의 세계를 자유자재로 왔다 갔다 넘나들어야 한다. 창조적 인간은 소꿉놀이를 하며 노는 아이들처럼, 환상의 세계를 창조하여 그것을 현실과 자연스럽게 분리시킨다. 이때 어떠한 '양심적 고뇌'나 '논리적 사고방식'이 개입되어선 안 되는 것이 물론이다. 환상의 원동력은 '충족되지 않는 소망'이다. 현실에서는 도저히 그 실현이 불가능한 것을 알고, 예술가는 곧바로 그것을 환상의 영역으로 옮겨 '꿈속에서의 충족'을 경험하는 것이다. 그래서 환상을 사랑하는 사람들일수록 우울증이나 노이로제에 빠지는 사람이 드물며, 특히 변태적 섹스를 모티프로 하는 환상에 빠져들기를 좋아하는 사람일수록, 오히려 현실 속에서는 실제로 성범죄나 변칙적인 일탈행동을 보여주지 않는다.

판타지의 내용을 차지하는 것은 그 대부분이 에로틱한 것들이다. 현실 안에서 아무리 애써도 도저히 채워질 수 없는 욕망이 바로 성욕인 까닭이다. 특히 문명 상태에서는 성욕 자체가 죄악시되기까지 하므로(특히 종교가 발달하기 때문에 더욱 그렇다) 더욱더 잠재의식 속에 있는 성적 욕구는 굶주림에 지쳐 슬픈 비명을 지르게 되는 것이다.

시건 소설이건 미술이건 음악이건, 모든 예술작품의 주제에 공통적으로 깔려 있는 것이 '사랑'인 것은 바로 이런 이유 때문이다. 그러므로 예술 표현에 있어서의 '에로틱 판타지'를 불륜(不倫)이나 퇴폐로 매도한다는 것은 언어도단이 될 수밖에 없다. 일정한 성적(性的) 금제(禁制)와 위선적이고 반(反)자연적인 윤리를 토대로 하여 이루어진 문명사회에서 예술이 지니고 있는 에로틱 판타지마저 없다면, 사람들은 모두 미쳐버릴 것이 틀림없다. 판타지의 효용은 '긴장의 해방'에 있고 이 '긴장'의 뿌리는 각종 사회제도와 전통 윤리에 있기 때문이다.

꿈은 우리의 제2의 인생이요, 제2의 이성(理性)이다. 꿈은 모든 모순된 사실들과 변태적 욕구들의 복합체이며, 그런 '복합성'과 '불명확성' 때문에 무한한 의미의 확장이 가능한 것이다.

꿈속에서 우리는 로마를 불태워버린 폭군 네로가 되어도 무죄(無罪)다. 카사노바처럼 신나게 바람을 피워대도 무죄다. 서울 장안을 정액이나 애액으로 물바다가 되게 하여도 무죄다. 꿈속에서 한 행위조차 죄냐 아니냐, 선(善)이냐 악(惡)이냐를 따지려고 드는 사람은 없는 것이다. 그러므로 성욕의 표현을 곧 육체적 메커니즘으로만 간주해서는 안 된다. 인간의 성생활에 있어 가장 중요한 것은 역시 '관능적 상상력의 충족'인 것이다. '관능적 상상력의 발동'은 곧 '성적 흥분'을 야기하며, 그것은 바로 육체적 접촉으로 이어져 결국 '관능적 상상력의 무한한 확장에 의한 성적(性的) 쾌감의 충족'으로 열매 맺는다.

사정(射精)과 수정(受精)에 의한 삽입성교보다 짙은 애무(heavy petting)가 더 달콤하고, 남녀간의 육체적 접촉보다 혼자서 마스터베이션을 할 때 생기는 관능적 상상 또는 환상(sexual fantasy)이 더 에로틱한 느낌을 주는 것은 이 때문이다.

물론 사람에 따라 육체적 성감대의 부위가 다르고, 정신적 성감대보다 육체적 성감대에 민감한 사람, 또 그 반대로 육체적 성감대보다 성적 상상력에 의한 정신적 성감대에 더 민감한 사람이 있을 수 있다.

그러나 현대의 도시인들은 대개 정신적 성감대에 민감하다고 볼 수 있다. 왜냐하면, 우리는 언제나 영화나 잡지 또는 DVD 등을 통해 항상 이성의 육체를 마음껏 음미할 수 있기 때문에, 육체적 성감대에 일종의 면역현상이 생겨버렸기 때문이다. 꼭 책이나 영화를 통해서가 아니더라도, 우리는 길거리를 걸으며 언제나 이성의 육체를 감상할 수 있다. 특히 요즘처럼 관능미의 당당한 노출이 당연시되는 풍토에서는 더욱 그렇다.

그럴수록 사람들은 더욱 새롭고 신기한 것, 그로테스크하고 비상식적인 것(기존의 표현을 빌린다면 '변태적인 것')을 찾게 마련인 것이다. 그러므로 오래된 연인 사이나 부부 사이에 찾아오는 불감증이나 발기불능은 성적 능력의 부족에서 오는 것이라기보다는 '싫증'과 '권태'에 기인하는 것이라고 보아야 한다.

어제도 설렁탕, 오늘도 설렁탕, 내일도 설렁탕 하는 식으로 매일 같은 음식을 먹으라고 한다면 다들 질려버리고 말 것이다. 그가 입맛이 떨어진 이유는 같은 음식에 그만 '물려'버렸기 때문이지 소화능력이 없어졌기 때문은 아니다. 그럴 경우에는 색다른 음식에 대한 상상적 식욕이 더욱 간절해지게 마련이다.

성욕도 마찬가지다. 특히 다양한 성적 매력의 개발에 전혀 신경 쓰지 않는, 둔감하고 뻔뻔한 상대와 계속해서 같은 패턴의 애무를 계속하다 보면 그만 싫증이 나서 질려버리고 물려버릴 게 뻔하다. 또 설사 매일같이 화장을 바꾸고 헤어스타일을 바꾼다 하더라도 같은 사람과의 지속적이고 의무적인 성애는 권태감을 유발시킨다.

요즘 40, 50대의 외도가 문제가 되는 것은 이 때문이다. 30대까지는 경제적, 사회적 기반을 다지느라고 성적 쾌감을 이차적인 문제로 돌려버렸지만, 40대 중반쯤의 나이가 되어 경제적으로도 안정되고 각자의 성적(性的) 기호(嗜好)를 파악할 수도 있는 나이가 되면, 오랫동안 의무적으로 같이 살아온 배우자에게 권태를 느끼게 될 것은 뻔한 노릇이다. 40, 50대의 남자나 여자나 모두 다 이른바 '영계'를 선호하는 것은 '젊은' 애인을 좋아하는 것이라기보다는 '새로운' 음식을 좋아하는 것으로 이해되어야 한다. 먹는 행위에 있어 입맛이 까다로운 사람은 도덕적으로 단죄(斷罪)받

지 않는데, 성적 입맛이 까다로운 사람은 '불륜'이니 '변태'
니 하여 도덕적 죄인으로 몰아붙여 매도해 버리는 풍토, 바
로 이것이 문제다.

사랑에 있어서만은 불륜도 없고 부도덕도 없다. 잠재의식
에서는 도덕의 억압과 감시가 심한데 본능적 욕구가 샘솟듯
이 일어날 경우에 생겨나는 것이 바로 불감증이요 발기불능
이요 조루증인 것이다.

상대방 이성에게서 관능적 상상력을 전혀 자극받지 못할
경우, 우리들이 원초적으로 갖고 있는 '쾌락 욕구(libido)'는
곧 사그라들어 버리고 '도덕적, 윤리적 억압(초자아,
super-ego)'만이 의기양양하게 활개 치며 우리들의 건강
한 원시적 정력을 주눅 들게 만들어버린다.

대부분의 정신과 의사들은 불감증이나 발기불능 등 성적
결함의 원인을 어린 시절의 정신적 외상(外傷)이나 모자관
계나 부녀관계의 고착(固着)에 기인하는 오이디푸스 콤플
렉스 또는 엘렉트라 콤플렉스에 돌리곤 한다. 물론 그러한
진단이 다 틀린 것은 아니다. 그러나 요즘 들어 나는 어린
시절의 정신적 외상들이 모든 노이로제(신경증)의 원인이
된다고 보는 프로이트 식의 철저한 인과론(因果論)에 회의

와 의문을 느끼게 되었다. 설사 프로이트의 말이 맞다고 하더라도, 우리가 어린 시절로 돌아가 잠재의식에 쌓인 정신적 상처들을 고치거나 취소시킬 수 없는 이상, 현재의 증상을 호전시킨다는 것은 불가능한 일이 아닌가 하는 생각이 드는 것이다.

그래서 나는 프로이트가 '과거에 원인을 둔 현재'에 초점을 맞췄다면, 이제부터 우리는 과거의 멍에를 벗어버리고 어떻게 해서라도 '현재에 원인을 둔 미래'를 정신활동의 지표로 삼아야 할 것이라고 결론 내리게 되었다. 과거는 아무 소용없다. 과거를 되씹어 봤댔자 현재의 상태를 조금도 개선시켜 주지 못한다. 사랑의 경우도 마찬가지다. 과거의 정신적 상처들은 그냥 묻어버리는 게 차라리 낫다.

잠재의식에 뿌려진 기억의 씨앗은 절대로 없앨 수 없다는 게 잠재의식 또는 무의식 이론의 골자지만, '잠재의식' 자체의 존재에 대해서 요즘 많은 학자들이 의문을 품고 있는 게 사실이다. 잠재의식은 글자 그대로 '무(無)'의식일지도 모른다. 아예 없어져버린 기억을 억지로 되살려 내려고 노력한다는 것은 부질없는 짓이다.

그러므로 만약 남자가 발기가 잘 안 된다거나, 여자가 성적(性的) 오르가슴을 잘 느낄 수 없는 경우에는, '현재의

나'에 입각하여 그 원인을 찾아보는 태도가 필요하다. 설사 상대방 이성과 아무리 오랜 기간 동안 사랑의 역사를 쌓았고 또 애틋한 정으로 뭉쳐져 있다 하더라도, 현재의 내가 그에게서 관능적 흥분을 느낄 수 없다면, 그와의 무미건조한 성적 교섭에 너무 초조해하거나 죄의식을 느낄 필요는 없다.

또한 모든 성적 불만족을 상대방에게 핑계 대어 무작정 바람피우는 것만을 일삼아서도 안 된다. 성적(性的) 결합 못지않게 성격적 결합이나 우애적(友愛的) 동지애(同志愛)의 결합 역시 가족관계에서는 중요한 것이므로, 차라리 혼자서 관능적 상상을 통해 나르시시즘적 마스터베이션(자위행위)을 시도해 보는 것이 좋다.

마스터베이션은 꼭 미혼의 독신 남녀들만이 하는 궁상맞고 안쓰러운 대리배설은 아닌 것이다. 파트너가 있다 하더라도 마스터베이션은 필요하다. 마스터베이션은 일종의 '상상력 훈련'이라고 할 수 있다. 특히 여성의 경우, 우리나라에서는 마스터베이션이 금기시되고 있기 때문에(특히 나이 어린 미혼 여성은 더욱 그렇다), 관능적으로 세련된 멋을 풍기는 여성들의 숫자가 드물 수밖에 없다.

마스터베이션은 미지(未知)의 상상적 이성(異性) 또는 무한한 숫자의 이성들과 상상적으로 섹스를 하는 것이기 때문에, 윤리와 도덕의 벽을 뛰어넘어 다양하고 환상적인 신비경을 맛보게 해준다. 성적 쾌감은 일대일의 '정상적 섹스'에서만 오는 물리적인 것이 아니라 그룹 섹스 등 소위 '변태적 섹스'에 대한 상상을 통해서도 가능하다는 것, 그리고 그것이 타인에게 해를 끼치지 않을 경우에는 전혀 죄의식을 느낄 필요가 없는 지극히 정상적인 '관능적 상상력의 활동'이라는 것을 나는 다시 한 번 강조하고 싶다. 마스터베이션도 일종의 변칙적 섹스지만 성적 상상력의 충족도에 있어서는 정상적 섹스보다 훨씬 더 건강한 카타르시스를 준다. 마스터베이션에 의지하여 자신의 관능적 상상력을 키워나가면서, 상대방의 성적 상상력을 자극할 수 있도록 정신적 성감대를 개발하는 게 중요하다.

정신적 성감대가 발달한 사람은 육체적 성감대나 외모도 항상 새롭고 다양한 모습으로 변화시켜 상대방에게 기쁨을 준다. 여성의 경우, 헤어스타일을 자주 바꿀 줄 알고, 손톱의 매니큐어 색깔을 다양하게 바꿔가며 칠하는 여자, 그런 여자라면 적어도 상대방 남자에게 권태를 느끼게 하지는 않는다. 남자도 마찬가지다. 항상 '변신'에 신경 써야 한다. 내가 남자이기 때문에 우선 여성에 관련된 것으로 예를 들어보자. "내 얼굴이 이만하면 어때서?" 하는 식으로 언제나 화장기 없는 맨얼굴을 고집하고 언제나 같은 헤어스타일로 버텨가는 여자, 이런 여자는 결국 상대방의 성적(性的) 상상력을 고갈시킨다. 그런 여자는 끝끝내 자기 자신의 과오를 뉘우치지 못하고, 스스로의 성적 불만족을 상대방 탓으로만 돌리는 게 보통이다.

나는 얼굴 자체가 예쁜 여자보다 손톱을 아주 길게 기른 여자, 항상 송곳같이 뾰족한 굽의 하이힐을 신는 여자를 좋아한다. 손톱은 항상 변화 있게 자라나며, 또한 갖가지 색깔의 매니큐어를 칠할 수 있으며, 뾰족구두 역시 여러 가지 색이나 모양으로 바꿔 신을 수 있기 때문이다. 그리고 긴 손톱과 뾰족구두는 사디즘과 마조히즘을 복합적으로 연상시켜 나에게 무한한 관능적 상상력을 불러일으켜 주기 때문이다.

남자에게 있어 정신적 성감대가 발달했다고 하는 의미는, 말하자면 나처럼 그로테스크한 공상이나 퇴폐적인 환상에 빠져들기를 좋아하는 것을 가리킨다. 여자가 손톱을 길러봤자 남자가 거기에 대해서 오직 '불결하고 흉칙하다'는 생각만 갖고 있다면 무슨 소용이 있겠는가?

나는 지금도 계속 진짜로 야한 여자를 찾아 미칠 듯이 헤매 다니고 있는데, 내가 찾고 있는 여성은 한마디로 말해서 '나의 관능적 상상을 실제적 관능미로 실현해 줄 수 있는 여자'라고 할 수 있다.

　이상적(理想的)인 사랑은 각자의 '관능적 상상'과 '실제적 관능미'가 합쳐질 때 이룩될 수 있는 것이고, 이럴 경우 '관능적 상상'과 '실제적 관능미의 실현'은 결국 '야한 정신'에 의해서 가능할 것이다. 그러나 남자에게는 '실제적 관능미의 실현'이 조금 어려운데, 그 이유는 아직도 우리 사회가 남자의 '관능적 치장'에 인색하기 때문이다.

제15장
미래의 사랑에 대하여

1.

사랑, 즉 섹스는 창조와 생산, 그리고 행복의 원동력이다. 그러나 지금까지의 역사는 사랑 행위에 있어서의 섹스의 긍정적 기능을 무시해 왔고, 주로 부정적 기능만 집중적으로 조명하여 사회 구성원들을 성적(性的) 죄의식에 빠져들도록 만들었다. 다시 말해서 섹스를 일종의 필요악으로 인정하여, '쾌락으로서의 섹스'를 죄악시하도록 유도했던 것이다.

사랑은 섹스와 동의어다. 그런데 섹스를 상투적 도덕과

224

상투적 윤리의 측면에서만 생각하면 필연적으로 부정적 결론에 이를 수밖에 없다. 지금까지 '고상한 지식인들'에 의해서 선전된 도덕과 윤리는 다분히 금욕주의적 측면에만 치중된 것이었기 때문이다. 금욕주의적 인식을 강제할 때 반드시 '복종의 미덕'이 생겨나고, '인내심의 함양' 역시 최고의 덕목으로 간주된다. 그래서 소수의 지배계층은 정신우월주의에 입각한 '엘리트 독재'를 합법적으로 수행할 수 있게 되는 것이다.

21세기 이후의 삶의 유형은 경제적 후진국이 아닌 한 '사랑 = 섹스'의 등식이 자리 잡을 것이고, 사랑은 섹스 중심으로 변화될 것이 틀림없다. 지금까지는 이데올로기(또는 이성) 중심이었던 삶의 유형이 개인적 쾌락(또는 행복) 중심으로 바뀌어가는 징후들이 우리 사회에서도 이미 나타나고 있다.

아직은 정치, 경제, 문화, 복지 면에서 선진국의 패턴을 따라가지 못하고 있기 때문에 표면적으로는 '금욕과 이성 중심의 가치관'이 우리 사회를 지배하고 있지만, 만약에 우리나라가 문화적 선진국의 대열에 끼게 된다면 과거의 가치관은 곧바로 '쾌락과 감성 중심의 가치관'으로 바뀔 것이다.

선진국형의 삶과 문화란 '이성 중심'의 문화가 아니라 '본능 중심'의 문화에 다름 아니기 때문이다. 말하자면 "배부른 돼지보다 배고픈 소크라테스가 낫다"에서 "배고픈 소크라테스보다 배부른 돼지가 낫다"로 사회 구성원의 가치관이 바뀌는 것이다.

빵이 부족한 후진국 상태에서는 빵의 부족 상태를 억지로 자위하고 합리화하기 위해 '배고픈 소크라테스'를 이상적 인간형으로 내세울 수밖에 없다. 그러나 빵의 여유가 생기고 나면 '배고픈 소크라테스'가 주는 상징적 교훈은 무의미한 것이 되어버리고 '배부른 돼지'의 행복을 일단 솔직하게 인정하게 된다. 그리고 결국에 가서는 '배도 부르고 섹스도 즐기는 소크라테스'를 지향하게 되고, 인간이 추구하는 행복은 사랑(섹스) 또는 사랑 욕구(성욕)의 대리배설로서의 '섹스 문화'를 통해 완성되게 되는 것이다.

프로이트는 인류의 문화 및 문명 발달을 위해서는 '성욕의 억압'이 필연적이라고 보았다. 그는 인류가 이룩한 문화와 문명의 진보를 성(性)의 억압에 기인한 '성욕의 승화작용'의 결과물로 보고 오로지 도덕적 섹스만 인정했다.

그러나 그가 '변태'라고 인식한 관음증, 노출증, 양성애 등은 지금 현대문화의 심리적 기저(基底)를 이루고 있다. 이러한 최근의 현실을 감안해 볼 때, 도덕적 검열을 수반하는 사랑(섹스)만을 인정한 그의 생각은 틀렸다는 사실이 드러난다.

프로이트는 창조적 섹스의 원동력으로서의 '변태'를 인정하지 않았고, 변태란 관습적 섹스에 대한 권태감으로부터 생겨난다는 것을 인식하지 못했다. 권태의 개념이 개입되지 않은 섹스 이론은 사상누각이다. 다시 말해서 일부일처제를 고수하면서 섹스의 쾌락을 논한다는 것은 어불성설이란 얘기다.

따라서 미래의 사랑(섹스)은 다원주의적인 결혼관, 성관(性觀), 가족관의 토대 위에서 다양한 형태를 띠고 이루어질 것 같다. 일부일처제가 아주 없어지지는 않겠지만 '계약결혼'이나 '계약동거', '시험적 동거 후 결혼' 등이 확산될 가능성이 높다. 동시에 독신주의자가 늘어나 프리 섹스를 즐기려 들 것이고, 보다 완벽하고 간편한 피임약의 개발은 그러한 프리 섹스를 촉진시켜 줄 것이다.

자식을 낳고 안 낳는 것은 개개인의 가치관에 따라 선택적으로 결정되며, 자식을 낳고 기르는 것은 '가족'이 아니라 어머니 개인의 몫, 다시 말해서 '당당한 미혼모'의 몫으로 되었다가 점차 사회 전체의 몫(국가가 관리하는 시설 좋은 공동 양육소)으로 될 가능성이 높다. 또한 대리배설(또는 대리만족)로서의 섹스가 여러 형태의 에로티시즘 예술 또는 에로티시즘 놀이로 고안되어 사람들을 점차 건강한 나르시시스트로 이끌어갈 것이다.

또한 요즘 한창 얘기되고 있는 '가상 섹스'나 '시뮬레이션' 등의 보급이 보편화되어 누구나 궁색한 독신자로서가 아니라 '당당한 혼자'로서의 섹스를 즐길 수 있게 될 것이다. 정치적으로는 '빵의 평등' 못지않게 '사랑(섹스)의 평등'이 복지정책의 현안으로 채택되고, 성(性)의 억압에 바탕을 둔 지배 이데올로기가 완전히 사라지게 된다.

그리고 정치는 도덕과 결별하게 되고(즉 정치의 소임이 '도덕적 통제'가 아니게 되고) 정치와 성(性)이 결합하여 실용주의적 쾌락주의 사회의 건설을 촉진하게 된다. '정치와 도덕', '정치와 이데올로기' 간의 결별은 성욕의 그릇된 대리배설 수단으로서의 전쟁을 지구상에서 몰아내는 데 큰 역할을 하게 될 것이다.

미래의 사랑을 이야기할 때 '성역할의 다원화'를 빼놓을 수 없다. 벌써부터 동성애를 다루는 영화들이 쏟아져 나와 우리들을 헷갈리게 하고 있다. 동성애는 지금까지 금기의 대상이었기 때문이다. 그러나 앞으로 시간이 가면 갈수록 동성애 문제가 더욱 크게 대두될 것이 틀림없다.

동성애의 요체는 "왜 남자는 꼭 여자를, 여자는 꼭 남자를 사랑해야만 되는가?"라는 도전적 질문 안에 들어 있다. 인류의 진보가 지속적으로 이루어진 '금지된 것에 도전'에 의해 가능했다고 본다면, 동성애 역시 '금지된 것에 대한 도전'의 일환으로 파악될 수밖에 없는 문제다. 또한 남자(여자)는 왜 여자(남자)처럼 치장해서는 안 되는가, 여자는 왜 남자처럼 사랑(섹스)의 주도권을 가져서는 안 되는가 등 지금까지 규정적으로 강요돼 왔던 남녀간의 엄격한 성역할 분담에 대한 저항의 소리가 높아지고 있다.

따라서 21세기 이후에는 동성애나 양성애 등이 더 늘어날 것이 틀림없고, 복장도착증 역시 더 이상 '변태'로 간주되지 않을 것이다. 또한 남녀가 똑같이 유미주의적 가치관을 가지게 되어 '아름답게 치장할 권리'와 '인공미(人工美)를 통해 선천적 용모'를 바꿀 권리가 성형수술의 발달 및 에로틱한 패션의 보급, 그리고 관능미의 일상화에 따라 개개인의 인권으로 인정받게 될 것이다.

이러한 생각은 개개인의 미의식을 신장시켜 갖가지 범죄나 전쟁을 통한 '화풀이'를 사전에 방지해 주는 역할을 하게 된다. 아름답게 치장한 사람이 신나게 싸울 수는 없기 때문이다. 내가 지금까지 긴 손톱의 미학을 누누이 강조해 온 것은 이 때문이다. 손톱을 길게 길러 매니큐어한 사람은 손톱이 부러질까 봐 누군가를 마구 할퀼 수도 없고 주먹질할 수도 없다.

아무튼 미래의 남성들이 점차 여성화되어 갈 것은 틀림없는 사실이고 '섹스 박멸 운동' 비슷한 기존의 결벽증적 페미니즘 운동은 스스로 자가당착에 부딪혀 운동 방향을 수정할 수밖에 없을 것이다. 이 과정에서 동성애와 '쉬메일(shemale, 여자처럼 꾸미는 남자) 문화'는 상징적 시위 운동으로서의 역할을 꽤 오랫동안 해낼 것 같다.

하지만 문제는 이런 당당한 사랑 문화, 다시 말해서 죄의식을 동반하지 않는 다양한 섹스 문화가 과연 순조롭게 이루어질 수 있겠느냐는 것이다. 아직까지도 우리나라에는 스스로의 성적(性的) 기아증을 금욕주의적 윤리와 모럴 테러리즘을 통해 대리보상 받으려는 병적(病的) 결벽주의자들이 많기 때문이다. '새것'은 무조건 나쁜 것이고 '옛것'은 무조건 좋은 것이라고 생각하는 답답한 수구주의자들의 논리가 진보적 자유주의의 성윤리를 억누를 때, 사랑과 섹스는 더 이상 행복의 원동력이 될 수 없고, 오직 억압과 우울의 심리적 메커니즘으로만 작용한다.

경제적 풍요와 정치적 민주화 역시 성(性)에 대한 담론의 개방과 '쾌락으로서의 성'에 대한 가치 인정이 이루어져야만 실현될 수 있다. 이런 측면에서 볼 때 우리는 지금 엄숙한 전환기적 결단의 시점에 서 있다. 성적(性的) 쾌락을 당당하게 인정하지 않으면 우리는 파멸할 수밖에 없다. 성적 쾌락을 죄악시할 때, 그 죄의식의 대가는 '성욕의 승화'가 아니라 '자기 학대'와 '자기 파멸'로 이어지기 때문이다.

그렇다면 우리는 과연 지금 미래의 성문화에 대처할 태세가 되어 있을까? 이중적 위선성으로 고착된 우리 사회의 성문화는 "성적 쾌락은 필요악이다" 정도를 넘어 "성적 쾌락은 추한 것이다"라는 집단적 자기기만에 기초해 있다. 경제 문제에 있어서는 자유화를 외치면서도 성문제에 있어서만은 언제나 극기적(克己的) '자유의 억압'만이 만병통치약인 것처럼 선전된다. 이런 지경이니 우리에겐 별 희망이 없다.

한 사회가 건강하기 위해서는 음(陰)과 양(陽)이 고루 섞여 상보적(相補的) 효과를 낼 수 있어야 한다. 양이 절제와 금욕의 윤리라면 음은 퇴폐와 일탈의 윤리다. 우리 사회의 극단적 파멸을 막으려면 적당한 음기(陰氣), 즉 적당한 퇴폐를 인정할 필요가 있다. 그리고 그러한 퇴폐를 범죄가 아닌 건강한 대리배설로 이끌어 나가야 한다.

2.

그리스 신화에 의하면 인간은 원래 남자와 여자가 하나로 붙어 있는 양성적 형태로 창조됐다고 한다. 그런데 그들이 나중에 둘로 분리되어 남자와 여자로 구별되면서부터 외로움이 싹트게 되고 사랑에 대한 욕구가 생겨났다는 것이다. 그러니까 우리는 평생 '내 육체의 나머지 반쪽'을 찾아 헤매 다닐 수밖에 없는 존재라는 얘기다.

남자와 여자는 본래 확연한 변별적 특징을 갖고 있지 않다. 남성은 남성대로 여성적 요소를 함께 지니고 있고, 여성은 여성대로 남성적 요소를 함께 지니고 있다. 때문에 남녀의 성적 역할 분담에 대한 회의론과 동성애에 대한 호의적 담론이 증가하고 있고, '여성해방'만이 아니라 '남성해방' 또한 동시에 이루어져야 한다는 논의가 급격히 확산되고 있다.

여성이 '여자다움'이라는 굴레 안에 갇혀 지내는 것을 억울하게 여기는 것처럼, 남성 역시 '남자다움'이라는 굴레 안에 갇혀 지내는 것을 억울해하고 있다. 일찍이 분석심리학자 칼 융은 남성의 마음속에 자리 잡고 있는 여성 동경 이미지의 원형을 '아니마(anima)'라고 이름 붙이고, 여성의 마음속에 자리 잡고 있는 남성 동경 이미지의 원형을 '아니무스(animus)'라고 이름 붙인 바 있다. 모든 남녀의 내면은 태어날 때부터 이미 양성적이라는 것이다.

어쨌든 이 시대는 남녀차별시대가 아니라 남녀평등시대이고, 남녀간의 변별적 특징이 적어지고 각자의 역할 분담까지 없어져 가는 시대다. 이른바 '유니섹스'의 시대 또는 '양성애'의 시대가 도래한 것이다. 이 시대는 유성생식의 시대를 뛰어넘어 '무성생식'의 시대로 점점 줄달음쳐 가고 있는 것 같다.

최근의 여러 조사 보고서를 보면, 사람들이 성행위를 하는 횟수가 이전보다 결코 많아지지 않았다는 사실이 밝혀지고 있다. 경제발전으로 인해 '식욕'에 대한 걱정으로부터 해방된 사람들은 본능적 욕구를 당연히 '성욕' 쪽으로 전이시켜 갈 것도 같은데, '성교'의 측면에서만 볼 때 성행위의 빈도는 절대로 더 늘어나지 않았다.

따라서 공공연하게 외쳐지고 있는 '성해방'이나 '프리섹스'는 실제 현상과는 거리가 있는 얘기라고도 볼 수 있다. 사람들은 미래로 가면 갈수록 생식적 성(性)을 더욱 '시큰둥하게' 대할지도 모른다. 삽입성교 위주의 성행위는 지금보다 훨씬 줄어들 게 틀림없다.

가난했던 시절에는 노동력 생산이 급선무였으므로 성을 곧 '성교'로 볼 수밖에 없었다. 그리고 다양한 문화적 장치, 즉 대리배설 수단이 없어 여가 선용이 잘 이루어지지 않았으므로 '성행위'가 곧 '국민체육(national sports)'이 될 수밖에 없었다. 다시 말해서 별다른 '놀이'가 없던 탓에 성교만이 유일한 오락 구실을 했다.

지금도 가난한 나라로 갈수록 인구가 많다. 인구증가 때문에 골치를 썩이고 있는 나라들은 다 저개발 국가들이다. 선진국으로 갈수록 남녀가 양성적 성격을 띠게 되어 나르시시즘을 통한 '홀로서기'를 갈망하는 까닭에, 인구가 점차 줄어들고 있는 것이다. 우리나라도 이젠 정부 주도의 산아제한운동을 하지 않는다. 오히려 예전과는 달리 아이를 많이 낳으라고 선동하고 있다.

남성우월주의에 기초한 대가족제도가 붕괴되기 시작하면서 속칭 '쉬메일'라고 불리는 여장남성(女裝男性)들이 늘어가고 있고, 일반 남성들의 옷차림도 차츰 여성화되어 가고 있다. 이런 남성들은 다음과 같이 천명한다.

"우리는 남자로 태어났을망정, 여자처럼 섬세한 감정과 부드럽고 연약한 육체를 소유하고 있다는 것을 보여주고 싶다. 군복 같은 옷차림에 딱 벌어진 체구, 그리고 결의에 찬

눈동자를 가진 이른바 '모범적인 남성'의 틀을 우리는 거부한다. 우리는 오히려 그런 틀에 박힌 모습을 조롱해 주고 싶다."

비틀즈 그룹의 성공은 그들의 긴 머리와 여성적인 외모에 매료된 수많은 여성 팬들이 있었기 때문이다. 그러므로 이런 행위는 남성이라는 틀로부터 벗어나고 싶은 소망을 사회 전체에 호소하기 위한 일종의 데몬스트레이션이라고 볼 수 있다. 가냘프고 부드러운 얼굴의 남자 가수 '프린스'나 여자보다 더 예뻐 보이는 남자 가수 '보이 조지'의 성공 역시 많은 여성들이 그들의 외모에 감격하여 성적으로 광분했기 때문이다.

오늘날의 여성들에게 있어 에로틱한 남성의 매력 포인트가 되는 것은 '남자답다'는 속성이 아니다. 그 남자가 '남성'이라는 감옥에 감금돼 있던 '감정과 정서'로부터 얼마나 자유롭게 탈출할 수 있느냐 하는 것이 매력의 포인트가 된다. 이런 사실을 깨닫지 못하고 아직도 모든 여성들이 사관학교 생도들의 씩씩한 걸음걸이나 단정한 유니폼만을 사모하고 있다고 믿고 있는 남자가 있다면, 그 남자는 시대착오적인 여성관을 가지고 있는 것이다. 요즘 여성들은 '군복 입은 남자'를 동경하는 데 그치는 것이 아니라 스스로가 아예 여군(女軍)이 돼버리고 만다.

남성의 여성화 못지않게 여성의 남성화 경향 역시 이 시대의 뚜렷한 특징 중 하나다. 여성들 사이에서 '밀리터리 룩'이 유행하고, 미장원에 남성들이 우글거리는 것 역시 하나도 이상한 현상이 아니다. 따라서 앞으로는 "남자가 그러면 되냐", "여자가 그러면 되냐" 하는 식의 말들이 빠른 속도로 사라지게 될 게 틀림없다.

이러한 유니섹스 추세에 비추어볼 때, 앞으로는 남녀의 애정관 역시 급격한 변화를 보여줄 게 틀림없다. 우선 "그대만이 내 생명, 그대만이 내 사랑"을 외치며 정신적 사랑만을 추구하는 중세 기사도풍의 '로맨틱 러브'는 차츰 시들어 갈 것이다. 한 여자(또는 한 남자)만을 평생 동안 구원의 신(神)처럼 떠받들며 사랑하는 이야기들, 예컨대 괴테의 『젊은 베르테르의 슬픔』이나 이광수의 『사랑』 같은 소설이 오히려 유해한 도서로 취급되는 날이 올지도 모른다.

인스턴트 러브나 일회용 섹스가 활개 치고, 이혼 절차가 점점 간단해져 가고 있는 오늘날에 있어 '나'를 행복하게 해줄 수 있는 이성이 오직 한 사람일 수만은 없다. 수십 명, 아니 수백 명의 이성들이 다 나의 배우자가 되고 성적(性的)

친구가 될 수 있는 것이다.

오늘날의 젊은이들은 강한 성적 매력이 '퍼스트 임프레션 (first impression)'을 형성하는 전부라고 생각하며, 정신적 사랑에 빠져든 뒤 육체적 사랑을 나누는 게 아니라 섹스의 쿵짝이 맞으면 정신적 사랑이 생겨난다고 생각한다. 또한 이성애와 동성애를 나눠서 생각하는 게 아니라 두 가지를 동시에 즐기려는 욕구가 점차 보편화되어 가고 있다. 순결 이데올로기는 이제 촌스러운 관념으로 치부되고 있고, 결혼 역시 '필수'가 아니라 '선택'으로 간주된다.

'로맨틱 러브'가 퇴색해 감에 따라 자연히 '사랑의 프라이버시' 역시 사라져가고 있다. 은밀한 장소에서 두 사람만이 만나는 것이 아니라 카페나 댄스 클럽같이 떠들썩한 장소에서 여러 사람들이 보는 가운데 키스하고 포옹하며, 학교 캠퍼스 안에서도 곧잘 짙은 애무가 이루어진다. 또 예전 같으면 입에 담을 수도 없었던 이른바 음담패설들을, 요즘 젊은이들은 여성조차 스스럼없이 뱉어내고 있다.

성(性)은 우리가 일반적으로 생각하고 있는 것보다 훨씬 더 광범위하고 다양한 채널을 통해 우리의 생활을 지배하고 있다. 그러므로 성을 '수치'나 '음란' 등과 연관시켜 생각하는 버릇을 없앨 필요가 있다. 물론 성적 충동이 성기나 특정한 성감대 부분에서 가장 강하게 인식되는 게 사실이긴 하지만, 실제로는 우리 몸 전체가 모두 성감대라고 볼 수 있다.

다시 말해서 성은 육체와 정신을 아울러 포함하는 우리의 실존 그 자체인 것이다. 섹스는 성기의 교접만을 의미하는 것이 아니라, 우리의 감각(feeling) 전부를 의미하는 것이다. 그리고 그 감각에는 이성적 사고 역시 포함된다.

섹스를 위험하고 수치스러운 것으로 생각하여 일부러 피해 보려고 애쓰는 사람은 자신의 삶에서 가장 중요한 즐거움을 박탈해 버리고 있는 사람이다. 이런 부류의 사람들은 타인의 자유로운 성생활을 질시하여 모럴 테러리스트가 되기 쉽다. 그리고 그들이 추구하는 진짜 변태적인 '정신적 섹스'는 오히려 사회에 더 큰 위험을 초래하게 된다.

그런 사람의 황폐한 정신세계는 자신을 중세의 잔인한 종교재판관처럼 만들거나 더욱더 가학적인 섹스광(sex maniac)으로 만들 가능성이 높다. 그러므로 우리는 이제 섹스를 안전하고 유쾌하고 범상한 '놀이'로 받아들일 때가 되었다.

21세기에 들어선 한국은 이제 성교육의 문제에 대해 보다 개방적인 사고를 가지고 접근해 갈 필요가 있다. 그럴 경우

"아는 것이 힘"이지 "모르는 것이 약"이 돼서는 안 되며, 아는 것 가운데는 이른바 '변태'나 '음란'이라는 것까지 포함되어야 한다.

구체적인 피임 방법이나 성희 방법을 가르쳐야 하고, 성행위의 광경이나 관능적 공상의 내용을 시청각 교재를 통해 공개해야 한다. 성교육은 이제 성에 대한 긍정적 사고를 심어주는 쪽으로 나가야 하고, 일단 성교육을 실시하게 되면 더 이상 아무것도 숨길 필요가 없는 것이다.

■ 에필로그

그리운 H에게

이렇게 너에게 편지로나마 용서와 재회를 간청해 본다. 나이를 먹다 보니 시간이 하도 빨리 흘러가서, 너와 만났던 것이 몇 년 전인지도 잘 모르겠다. 아마 4, 5년 전쯤 되는 듯싶다. 너를 알게 된 것은 네가 독자로서 나에게 이메일을 보내서였다. 내가 맨날 글에다가 칭얼거리며 보채대는 나의 페티시인 '긴 손톱'을 네가 한번 네일아트 숍에 가서 가장 긴 걸로 붙인 다음 내게 보여주고 싶다는 사연이었다. 그래서 나는 이게 웬 떡이냐 하는 심정으로 그래 줬으면 고맙겠다고 대답하고, 모조손톱 붙이는 비용을 내가 치러주겠다고 말했다.

그렇게 해서 너를 처음으로 만나게 된 날, 나는 네가 붙이고 온 모조손톱이 예상했던 것보다 너무나 길어 그만 홀라당 감격해 버리고 말았다. 손톱의 길이가 대략 12센티미터나 되었으니 내 어찌 감격 안 할 수가 있으랴.

그래서 나는 너와 별 군말 없이 당장 모텔로 직행했고, 내 평생 가장 잊을 수 없는 강렬한 페팅의 시간을 가졌다. 네가 말수가 적은 여자라서 나는 그게 썩 마음에 들었고, 남녀간의 사랑에는 역시 '썰'이 전혀 필요 없다는 것과, 필요한 것은 오직 하나 '육체언어'뿐이라는 사실을 새삼 확인할 수 있었다.

　너와 나는 나이 차이가 엄청 나는데도 불구하고 나는 너와의 나이 차이를 별로 실감할 수가 없었다. 그만큼이나 네가 나의 과격한 육체언어를 존중해 주고, 요즘 시건방진 젊은 여자애들처럼 나를 늙었다고 깔보지 않았기 때문이었다.

　그날 모텔 방에서 우리는 정해진 시간을 돈 주고 연장해 가며 별의별 헤비 페팅을 즐겼다. 나는 원래 사디스트 취향이었는데 네가 아주 세련된 마조히스트 취향으로 대응해 줘서, 오랫동안 성적(性的) 기아증에 시달렸던 내 육체는 오랜만에 실컷 맛있는 포식을 할 수가 있었다.

　나는 너를 만나기 이전에 수많은 여자들과 연애를 해보았다. 그런데 'S·M 취향의 궁합'에서 너처럼 나와 죽이 잘 맞는 여자를 만나본 적은 없었다. 그래서 마치 보물을 건진 듯한 기분이었다.

　모텔 방 안에서 더 뭉그적거리며 놀고 싶었지만, 첫 만남에서부터 너무 기력을 소진해 버리면 안 될 것 같고, 또 배도 출출해 오는지라 우리는 정들었던 고향을 떠나듯 모텔 방을 나왔다. 그리고 근처의 번화가로 가서 스파게티를 시켜 먹었다. 주위의 사람들이 너의 길디긴 손톱을 보고서 깜짝 놀라는 표정을 짓는 것이 나는 보기에 썩 유쾌하였다.

　그렇게 헤어진 다음부터 우리는 거의 하루 걸러 만났다. 처음에 커피숍 같은 데서 만났다가 그 다음에 모텔로 가는 것도 귀찮

아져서, 처음에 갔던 모텔을 단골로 정해 놓고 아무나 먼저 도착한 사람이 전화로 룸의 넘버를 알려주는 식이었다. 만날수록 우리의 페팅은 강도를 더해 가서, 한국에서 파는, 조악하지만 그래도 없는 것보다는 나은 섹스 토이(Sex Toy)를 각자 구해 가지고 와서 만나기도 하였다.

내가 너에게 무엇보다도 고마웠던 것은, 네가 나의 '정력'을 밝히지 않고 '정열'만을 밝혀주었다는 사실이다. 나는 사실 나이로 보아도 그렇고, 오랫동안 우울증 치료제를 먹은 관계로 정력이 세지 못했다. 그래서 은근히 열등감을 갖고 있었는데, 너는 내게 행여 '비아그라'라도 복용하고 올 필요가 없다면서, 늙어 빠진 나를 따사롭게 포용해 줬던 것이다.

그런 행복한 시간들이 6개월가량 지나갔다. 그런데 어이없게도 내 쪽에서 그만 이별을 통고하게 되는 해프닝이 뜬금없이 닥쳐왔다. 절대로 네게 싫증을 느껴서가 아니라 오로지 내 집안 문제 때문이었다. 창피하게도 나는 홀어머니의 외아들로 평생을 지내온 전형적인 '마마 보이'였는데, 낌새를 챈 모친이 우리의 만남을 극구 반대하고 나왔기 때문이었다.

H, 부디 나를 너그럽게 용서해 다오. 그리고 제발 나와 한 번만 다시 만나다오. 그러면 나는 정말 주체성 있게 너와의 긴 사랑의 만남을 이끌어나가련다.

2013. 5. 25

■ 저자 약력

마광수

1951년   – 3월 10일(음력), 가족이 한국전쟁 중 1 · 4 후퇴시 잠시 머문 경기도 수원에
      서 출생. 본적은 서울.

1963년   – 서울 청계초등학교 졸업. 대광중학교 입학.

1969년   – 대광고등학교 졸업. 연세대학교 국문학과 입학.

1973년   – 연세대학교 국문학과 졸업. 연세대 대학원 국문학과 입학.

1975년   – 연세대 대학원 국문학과 졸업(문학석사).
      – 방위병으로 군 복무.

1976년   – 연세대 대학원 국문학과 박사과정 입학.
      – 이후 1978년까지 연세대, 강원대, 한양대 등 시간강사 역임.

1977년   – 『현대문학』에 「배꼽에」, 「망나니의 노래」, 「고구려」, 「당세풍의 결혼」, 「겁
      (怯)」, 「장자사(莊子死)」 등 6편의 시가 박두진 시인에 의해 추천되어 문단
      에 데뷔.

1979년   – 홍익대학교 국어교육과 전임강사로 취임. 1982년 조교수로 승진.

1980년   – 처녀시집 『광마집(狂馬集)』을 심상사에서 출간.

1983년   – 연세대 대학원에서 「윤동주 연구」로 문학박사 학위 받음. 학위논문 『윤동
      주 연구』를 정음사(2005년 개정판부터 철학과현실사)에서 단행본으로 출
      간.

1984년   – 연세대학교 국문학과 조교수로 취임. 1988년 부교수로 승진.
      – 시선집 『귀골(貴骨)』을 평민사에서 출간.

1985년   – 문학이론서 『상징시학』을 청하출판사(2007년 개정판부터 철학과현실사)
      에서 출간.

1986년   – 문학이론서 『심리주의 비평의 이해』를 청하출판사에서 출간.

1987년   – 평론집 『마광수 문학론집』을 청하출판사에서 출간.

	– 문학이론서 『시창작론』을 오세영 교수와 공저로 방송통신대학 출판부에서 출간.
1989년	– 에세이집 『나는 야한 여자가 좋다』를 자유문학사(2010년 개정판부터 북리뷰)에서 출간.
	– 시선집 『가자, 장미여관으로』를 자유문학사에서 출간.
	– 5월부터 『문학사상』에 장편소설 『권태』를 연재하여 소설가로서의 활동을 시작함.
1990년	– 장편소설 『권태』를 문학사상사(2011년 개정판부터는 책마루)에서 출간.
	– 장편소설 『광마일기』를 행림출판사(2009년 개정판부터는 북리뷰)에서 출간.
	– 에세이집 『사랑받지 못하여』를 행림출판사에서 출간.
1991년	– 1월에 이목일, 이외수, 이두식 씨와 더불어 서울 동숭동 '나우 갤러리'에서 〈4인의 에로틱 아트전〉을 가짐.
	– 문화비평집 『왜 나는 순수한 민주주의에 몰두하지 못할까』를 민족과문학사(재판부터는 사회평론사)에서 출간.
	– 장편소설 『즐거운 사라』를 서울문화사에서 출간.
	– 간행물윤리위원회의 판금 조치로 출판사에서 자진 수거, 절판됨.
1992년	– 에세이집 『열려라 참깨』를 행림출판사에서 출간.
	– 장편소설 『즐거운 사라』 개정판을 청하출판사에서 출간.
	– 10월 29일, 『즐거운 사라』가 외설스럽다는 이유로 검찰에 의해 전격 구속되어 서울 구치소에 수감됨.
	– 12월 28일, '즐거운 사라' 사건 1심에서 징역 8월에 집행유예 2년 판결을 받음.
1993년	– 2월 28일, 연세대학교에서 직위 해제됨.
1994년	– 1월에 서울 압구정동 다도 화랑에서 첫 번째 개인전을 가짐. 유화, 아크릴화, 수묵화 등 70여 점 출품.
	– 『즐거운 사라』 일본어판이 아사히 TV 출판부에서 번역·출간되어 베스트셀러가 됨.

- 문화비평집 『사라를 위한 변명』을 열음사에서 출간.
- 7월 13일, '즐거운 사라' 사건 2심에서 항소 기각 판결을 받음.
1995년 - '즐거운 사라' 필화사건의 진상과 재판과정, 마광수의 문학세계 분석 등을 내용으로 연세대 국문학과 학생회가 쓰고 엮은 『마광수는 옳다』가 사회평론사에서 출간됨.
- 6월 16일, '즐거운 사라' 사건 대법원 상고심에서 상고 기각 판결을 받음. 동시에 연세대학교에서 해직되고 시간강사로 됨.
- 철학에세이 『운명』을 사회평론사(2005년 개정판부터 『비켜라 운명아, 내가 간다』로 제목을 바꿔 오늘의 책)에서 출간.
1996년 - 장편소설 『불안』을 도서출판 리뷰앤리뷰(2011년 개정판부터 제목을 『페티시 오르가즘』으로 바꿔 Art Blue)에서 출간.
1997년 - 장편에세이 『성애론』을 해냄출판사에서 출간.
- 문학이론서 『시학』을 철학과현실사에서 출간.
- 문학이론서 『카타르시스란 무엇인가』를 철학과현실사에서 출간.
- 시집 『사랑의 슬픔』을 해냄출판사에서 출간.
1998년 - 장편소설 『자궁 속으로』를 사회평론사(2010년 개정판부터 『첫사랑』으로 제목을 바꿔 북리뷰)에서 출간.
- 3월 13일에 사면·복권되고 5월 1일에 연세대 교수로 복직됨.
- 에세이집 『자유에의 용기』를 해냄출판사에서 출간.
1999년 - 철학에세이 『인간』을 해냄출판사(2011년 개정판부터 제목을 『인간론』으로 바꿔 책마루)에서 출간.
2000년 - 장편소설 『알라딘의 신기한 램프』를 해냄출판사에서 출간.
- 7월에 이른바 '교수재임용 탈락 소동'이 국문학과 동료교수들의 집단 따돌림으로 일어나, 배신감으로 인한 심한 우울증에 걸려 3년 반 동안 연세대를 휴직함.
2001년 - 문학이론서 『문학과 성』을 철학과현실사에서 출간.
2003년 - 강준만 외 5인이 쓴 『마광수 살리기』가 중심출판사에서 나옴.
2005년 - 에세이집 『자유가 너희를 진리케 하리라』를 해냄출판사에서 출간.

- 장편소설 『광마잡담(狂馬雜談)』을 해냄출판사에서 출간.
- 6월에 서울 인사동 인사 갤러리에서 〈마광수 미술전〉을 가짐.
- 장편소설 『로라』를 해냄출판사에서 출간.

2006년 - 2월에 일산 롯데마트 갤러리에서 〈마광수 · 이목일 전〉을 가짐.
- 시집 『야하디 얄라숑』을 해냄출판사에서 출간.
- 문학론집 『삐딱하게 보기』를 철학과현실사에서 출간.
- 장편소설 『유혹』을 해냄출판사에서 출간.

2007년 - 1월에 〈색色을 밝히다〉 전시회를 서울 인사동 북스 갤러리에서 가짐.
- 시집 『빨가벗고 몸 하나로 뭉치자』를 시대의창에서 출간.
- 4월에 소설 『즐거운 사라』를 인터넷 홈페이지에 올렸다는 이유로 기소되어 벌금 200만 원 형을 받음.
- 7월에 미국 뉴욕 Maxim 화랑에서 〈마광수 개인전〉을 가짐.
- 에세이집 『나는 헤픈 여자가 좋다』를 철학과현실사에서 출간.
- 문화비평집 『이 시대는 개인주의자를 요구한다』를 새빛에듀넷에서 출간.

2008년 - 문화비평집 『모든 사랑에 불륜은 없다』를 에이원북스에서 출간.
- 단편소설집 『발랄한 라라』를 평단문화사에서 출간.
- 중편소설 『귀족』을 중앙북스에서 출간.

2009년 - 연극이론서 『연극과 놀이정신』을 철학과현실사에서 출간.
- 소설집 『사랑의 학교』를 북리뷰에서 출간.
- 4월에 서울 청담동 '갤러리 순수'에서 〈마광수 미술전〉을 가짐.

2010년 - 시집 『일평생 연애주의』를 문학세계사에서 출간.

2011년 - 장편소설 『돌아온 사라』를 Art Blue에서 출간.
- 2월에 〈소년 광수 미술전〉을 서울 서교동 '산토리니 서울' 갤러리에서 가짐.
- 에세이집 『더럽게 사랑하자』를 책마루에서 출간.
- 5월에 〈마광수 초대전〉을 서울 삼청동 연 갤러리에서 가짐.
- 화문집(畵文集) 『소년 광수의 발상』을 서문당에서 출간.
- 장편소설 『미친 말의 수기』를 꿈의열쇠에서 출간.

- 산문집 『마광수의 뇌 구조』를 오늘의책에서 출간.
- 장편소설 『세월과 강물』을 책마루에서 출간.
2012년 - 육필 시선집 『나는 찢어진 것을 보면 흥분한다』를 지식을만드는지식에서
출간.
- 3월에 〈마광수·변우식 미술전〉을 서울 인사동 '토포 하우스'에서 가짐.
- 산문집 『마광수 인생론: 멘토를 읽다』를 책읽는귀족에서 출간.
- 장편소설 『로라』 개정판을 『별 것도 아닌 인생이』로 제목을 바꿔 책읽는귀
족에서 출간.
- 시집 『모든 것은 슬프게 간다』를 책읽는귀족에서 출간.
2013년 - 소설 『청춘』을 책읽는귀족에서 출간.
- 장편 에세이 『나의 이력서』를 책읽는귀족에서 출간.
- 단편소설집 『상상놀이』를 책읽는귀족에서 출간.
- 문화비평집 『육체의 민주화 선언』을 책읽는귀족에서 출간.
- 소설 『2013 즐거운 사라』를 책읽는귀족에서 출간.
- 『사랑학 개론』을 철학과현실사에서 출간.

사랑학 개론

지은이　마광수

1판 1쇄 인쇄　2013년 7월 25일
1판 1쇄 발행　2013년 7월 30일

발행처　철학과현실사
발행인　전춘호

등록번호　제1-583호
등록일자　1987년 12월 15일

서울특별시 종로구 동숭동 1-45
전화번호 579-5908
팩시밀리 572-2830

ISBN 978-89-7775-769-1 03800
값 12,000원